어제에서 온 남자

어제에서 온 남자

초판 1쇄 발행 | 2025년 6월 13일

지은이 | 전건우
펴낸이 | 박영욱
펴낸곳 | 북오션

주　소 | 서울시 마포구 월드컵로 14길 62 북오션빌딩
이메일 | bookocean@naver.com
네이버포스트 | post.naver.com/bookocean
페이스북 | facebook.com/bookocean.book
인스타그램1 | instagram.com/bookocean777
인스타그램2 | instagram.com/supr_lady_2008
X | x.com/b00k_0cean
틱톡 | www.tiktok.com/@book_ocean17
유튜브 | 쏠쏠TV・쏠쏠라이프TV
전　화 | 편집문의: 02-325-9172　영업문의: 02-322-6709
팩　스 | 02-3143-3964

출판신고번호 | 제 2007-000197호

ISBN 978-89-6799-884-4 (03810)

*이 책은 (주)북오션이 저작권자와의 계약에 따라 발행한 것이므로 내용의 일부 또는 전부를 이용하려면 반드시 (주)북오션의 서면 동의를 받아야 합니다.
*책값은 뒤표지에 있습니다.
*잘못 만들어진 책은 구입하신 서점에서 교환해 드립니다.

어제에서 온 남자

프롤로그 / 6

이름 없는 남자 / 10
어제의 세계 / 74
경계선 / 127
시간의 톱니바퀴 / 187
하루의 끝 / 227

에필로그 / 234

프롤로그

추모 공원에는 사람이 그리 많지 않았다. 원래 이런지 평일이라 그런 건지 알 길이 없었다. 이곳에 온 건 오늘이 처음이니까. 아무려나 내게는 별로 상관없는 일이었다. 이런 곳에서는 사람이 많다고 슬픔을 나눌 수 있는 것도 아니고, 사람이 적다고 슬픔을 마음껏 표현할 수도 없다는 걸 나는 잘 알고 있었다.

봉안실 유리 너머에 서희 사진 한 장이 놓여 있었다. 특유의 환하게 웃는 모습이었다. 어쩌면 내가 찍어준 사진일지도 모른다. 서희는 사진 찍는 걸 좋아하지 않았지만, 내가 핸드폰을 들이대면 곧잘 웃어주곤 했다. 서희의 유골함이 든 봉안실에는 다행히 볕이 잘 들었다. 유독 추위를 많이 탔는데 따뜻하니 좋겠구나, 생각하다가 울컥 슬픔이 치밀어올랐다.

내가 본 서희의 마지막 모습은 화장장에서였다. 관에 불이 붙기 전 나는 자리를 박차고 나왔다. 도저히 지켜볼 자신이 없었고, 이후 과정을 견뎌낼 자신도 없었다. 그날 후로 2년이 흘렀다. 누군가에게 2년은 슬픔을 삭히기 적당한 시간일 수도 있겠지만 나는 아니었다. 그 2년 동안 내 슬픔은 오히려 더 진하고 걸쭉해졌다. 그래서였다. 차마 이곳을 찾지 못했던 건.

유리에 가만히 손을 대봤다. 따뜻했다. 그것만으로도 만족스러웠다.

"사랑하던 분이었나 봐요?"

누가 말을 걸어온 건 막 돌아서서 밖으로 나가려던 참이었다. 나는 고개를 돌렸다. 모자를 쓴 젊은 남자가 서 있었다. 넘어지기라도 했는지 얼굴에 멍과 상처가 있었다. 그럼에도 누군가를 추모하려고 왔는지 남자 역시 위아래 모두 검은색 옷이었다.

"아… 네. 뭐…."

딱히 뭐라 대답해야 할지 몰라 대충 얼버무렸다.

"표정이 워낙 슬퍼 보여서 여쭤봤습니다. 그 마음 저도 잘 알거든요."

남자가 말했다. 옛날이었다면, 그리고 이런 장소만 아니었다면 낯선 이와 말을 섞지도 않았으리라. 하지만 나도 모르게 대답이 흘러나왔다.

"제 인생보다 소중한 사람이었는데 지켜주지 못했습니다. 그래서… 한이 많이 남네요."

"그렇죠. 사랑하는 사람을 잃으면 그냥 슬픈 게 아니라 한이 되죠."

남자는 생각에 잠긴 표정으로 고개를 끄덕였다. 당신은 무슨 사연이냐고 물으려다가 말았다. 대화가 더 이어지는 건 불편했다. 게다가 내게는 시간이 얼마 없었다. 남자를 향해 고개를 한 번 까딱한 후 돌아섰다. 그때였다. 남자가 다시 물었다.

"저… 오늘이 5월 29일 맞죠?"

나는 남자를 힐끔 본 뒤 대답했다.

"네. 29일 맞습니다."

요즘 워낙 자주 깜박깜박해도 오늘이 5월 29일이라는 건 잊지 않았다. 그만큼 중요한 날이니까.

나는, 오늘 죽을 생각이다.

이름 없는 남자

 나는 칼침을 세 번 맞았다. 처음엔 등, 두 번째는 오른쪽 옆구리, 마지막은 배. 역시 마지막이 제일 아팠다.
 등을 찔렸을 땐 돌도 씹어 먹던 20대 초반이었다. 등에 칼을 꽂은 채 아픈 줄도 모르고 서너 명을 두드려 팼다.
 오른쪽 옆구리는 서울에서 다섯 손가락 안에 드는 칼잡이 청새치의 작품이었다. 한창 잘 나가던 서른 살 시절이었는데 호텔 복도에서 기습을 당했다. 청새치는 프로답게 칼날을 헝겊으로 감싼 채 찔렀다. 고통은 주되 죽이지는 않겠다는 나름의 배려인 셈이었다. 그러거나 말거나 나는 청새치의 손목을 틀어쥐고선 인정사정 없이 박치기를 먹였다. 그런 시절이 있었다. 독기와 깡으로 살아가던, 아니 살아남았던 시절.

배를 찌른 건 골목에 침이나 찍찍 뱉고 다니는 이름도 모르는 동네 양아치였다. 머리는 샛노랗게 염색하고 팔뚝에 싸구려 문신을 새긴, 고추에 털도 안 났을 것 같은 애송이. 동네의 작은 호프집에서 세 명과 시비가 붙었는데 그중 한 놈이 다짜고짜 잭나이프를 꺼내 들었다. 보나 마나 구제 시장에서 샀을 게 뻔한 날도 제대로 서 있지 않은 조잡한 칼이었다. 놈은 허공에다가 몇 번 칼을 긋더니 시큰거리며 달려들었다. 얼큰하게 취해 있던 나는 놈의 어설픈 공격을 피하지 못했다.

그게 바로 작년 겨울의 일이었다.

나는 서른일곱이었고, 더 이상 고통을 참을 수 없었다. 칼날이 두툼한 뱃살을 찌르고 들어오자마자 저절로 비명이 터져 나왔다. 솔직히 말하자면 살짝 오줌을 지리기도 했다. 아프고 무서웠다. 그 옛날 면도칼이라 불리며 조직의 행동대장을 담당했던 사내는 더 이상 거기 없었다. 술에 찌들어 밑바닥까지 떨어진 한물간 건달만 남아 있었다. 남아서, 비명을 질러댔다.

보스가 찾아온 것은 내가 입원하고 사흘이 지난 뒤였다. 보스는 비락식혜 한 박스를 들고선 밤중에 혼자 내 병실을 찾았다.

"야. 박진혁. 이 꼴이 뭐냐?"

그렇게 묻는 보스의 입에선 희미하게 술 냄새가 풍겼다.

"죄송합니다. 술에 취해서 그만…."

"너 이 새끼. 최근엔 사무실에도 잘 안 나온다며?"

"나가봐야 새파란 것들이 대우도 안 해주고 할 일도 없어서요."

내가 관리하던 구역은 이미 다른 놈에게 넘어갔다. 그것도 성깔만 더럽지, 능력은 하나도 없는 핏덩이에게. 그 사실을 모를 리 없는 보스였다. 보스와 나는 이 빌어먹을 조직을 만들 때부터 함께 했다. 그 이름도 영광스러운 창립 멤버. 보스를 대신해 학교에 들어간 게 두 번, 살 떨리는 패싸움을 벌인 게 수십 번이었다. 나는 보스 말이라면 뭐든지 들었다. 한때는, 그러니까 면도칼로 불렸던 시절에는 내가 보스의 오른팔이라 믿어 의심치 않았다.

"맨날 술에 취해서 변기에 오줌 하나도 못 누고 질질 흘린다고 소문이 자자한데 누가 대우를 해주겠어, 엉?"

"그건…."

"그 일 때문이냐? 죽은 그 여자애 때문에 이렇게 망가진 거냐고?"

보스의 메마른 목소리가 불 꺼진 병실 안에 조용히 울려 퍼졌다. 순간 속 깊은 곳에서 뜨거운 뭔가가 울컥 올라왔지만 이내 소리도 없이 가라앉았다. 화를 낼 기운도 없었다. 언젠가부터 나는 한 가지 감정만 가지고 살아왔다. 패배감. 사랑하는 사람을 지키지 못했다는 처절한 패배감. 패배감은 다른 모든 감정을 갉아먹고 끝내는 이성의 끈마저 끊어놓는다. 그래서 술에 기댈 수밖에 없었다. 맨정신으로 패배감과 마주할 용기가 내게는 없었다.

나는 우물거리며 말끝을 흐렸다.

"그게 아니고…."

"그게 아니긴. 진혁아, 이 새끼야. 우리 같은 건달은 독기가 빠지면 그걸로 끝이야. 사형 선고나 마찬가지라고. 근데 독기가 왜 빠지는 줄 아냐? 쓸데없는 데 정을 주니까 그런 거라고. 사랑? 좆까라 그래! 순정? 지랄염병이다! 그런 것들은 사람 마음을 자꾸 둥글게 만든다고, 알겠냐? 건달은 독기가 바짝 서 있고 시퍼렇게 날이 서 있어야 하는데 사랑이고 순정이고 나불거리다 보면 무뎌진다고. 내가 마누라랑 자식 놈한테 정을 안 주는 것도 다 그런 이유 때문이야. 넌 지금 독기가 빠지다 못해 찢어진 풍선 같다고."

보스의 말은 틀린 구석이 없었다. 언제나 눈에 힘을 꽉 주고 다니라고 똘마니들에게 이야기하던 사람이 바로 나였다. 괜히 면도칼이라 불렸던 게 아니었다. 한때는 스치기만 해도 베일 것 같다며 부하들이 말도 못 붙였다. 신당동 면도칼이라고 하면 우리보다 몇 배 큰 조직에서도 한 수 접어주던 시절이 있었다. 적어도 2년 전까지는 그랬다. 2년 전, 그 사건이 터진 후 내 인생이 무너지기 전까지는.

"퇴원하면 동대문 쪽 사무실로 출퇴근해. 자리는 내가 알아서 만들어 놓을 테니까."

보스는 자리에서 일어났다. 낡은 보조 침대가 삐걱 소리를 냈다.

"형님! 아무리 그래도 동대문 사무실은…."

동대문에 있는 사무실은 그야말로 사무실이었다. 합법적인 사업을 하는 회사. 일본에서 싸구려 인형 같은 것들을 수입해 와서 인형 뽑기방에 납품하는 일을 주로 하는 곳으로, 건달하곤 거리가 먼 직원도 다섯 명이나 됐다.

바야흐로 건달들도 사업을 해야 하는 시대였다. 이런 회사는 돈세탁에도 안성맞춤이다. 문제는 동대문 사무실에 출퇴근하는 건달은 다 퇴물이라는 데 있었다. 나이가 너무 많거나 어딘가 모자라거나 아니면 인생이 망가졌거나.

"지금 네가 찬밥 더운밥 가릴 때냐? 뭐든 밥은 먹고 살아야 할 거 아냐? 거기 가서 그냥 시간 좀 죽이다가 제정신 들면 다시 돌아오라고."

그 말을 끝으로 보스는 비틀거리며 병실을 나갔다.

나는 침대에 누워 어둠에 싸인 천장을 바라봤다. 수많은 생각이 스치고 지나갔지만 모두 다 쓸데없는 생각이었다. 한 가지만 확실했다. 나는 보스로부터 사형 선고를 받은 것이다. 건달로서의 삶은 끝났다는 사형 선고. 고등학교를 때려치우고 뛰어든 건달 세계에서 20년 가까이 비벼온 내 인생이 마지막을 맞이하는 순간, 나는 떨어지는 링거액을 멍하니 바라보며 입술을 깨물었다. 상처가 쑤셨다. 입맛이 썼다.

그때까지는 알지 못했다. 내 인생에 더욱 처참한 결과가 하나 더 남아 있다는 사실을.

나는 진짜 사형 선고를 받았다.

* * *

"폐에서 악성 종양이 발견됐습니다. 정확히 검사를 해봐야 알겠지만 지금 소견으로는 원발성폐암, 그중에서도 비소세포폐암일 확률이 높습니다. 쉽게 말해서 폐에 암이 생겼다는 거고 그 크기가 제법 커서 이 정도면 못해도 4기일 가능성이 있다는 겁니다."

의사의 말 중 알아들을 수 있는 건 절반 정도뿐이었다. 그 절반으로도 충분했다. 아니, 폐암이라는 한 단어만으로도 차고 넘칠 것 같았다. 내 인생은 좆된 것이다.

동대문 사무실로 출퇴근하면서 허울 좋은 '이사'라는 직함을 얻은 뒤 많은 게 바뀌었다. 더 이상 형님으로 불리지 않았고 시커먼 양복도 입지 않게 되었다. 하루 종일 컴퓨터 앞에 앉아 인터넷을 했고, 무슨 말인지는 잘 몰라도 좌우지간 회의 같은 것도 참석했다. 그리고 무엇보다 술을 끊었다. 나름의 소소한, 그러나 지독하게 괴로웠던 노력의 결과였다. 왕년의 면도칼 박진혁이 이대로 무너질 수는 없다는, 한 줌밖에 남지 않은 알량한 자존심도 한몫했다.

그렇게 몇 개월인가 회사 생활을 하던 중에 태어나서 처음으로 건강 검진을 받았다. 회사에 다니는 사람이라면 무조건 해야 한다는 말에 어쩔 수 없이 병원으로 향했다. 체중을 재고 피를 뽑고 역겨운 내시경을 했다. 그러고 나서 CT를 찍었다. 다른 똘마니들, 아니 직원들은 2주 정도 지나서 검사 결과를 우편으로 받았는데 나만 병원에서 따로 연락을 해왔다. 의사와 만나 면담을 해야 한다는 거였다. 그때부터 찜찜했지만 설마 폐암 이야기를 하리라곤 상상도 하지 못했다.

나는 눈만 껌벅거리며 의사의 말을 듣다가 간신히 한 마디를 물었다.

"그래서 나는 어떻게 된다는 겁니까?"

"더 검사를 해봐야…."

"검사 같은 건 다시 안 할 거니까 최악의 경우를 말씀해 주시죠."

의사는 잠시 망설이다가 슬쩍 안경을 고쳐 쓰며 말했다.

"3개월입니다. 지금까지 별다른 증상이 없었다면 이제부터 흉통이 시작되고 심한 기침과 각혈까지 할 수도 있습니다."

"아주 꼴사나울까요?"

"네?"

"죽어가는 과정이 더럽고 보기 흉할까 봐 묻는 겁니다."

의사는 나를 물끄러미 바라보더니 흠, 하고 헛기침을 한 후 천천히 입을 열었다.

"결코 아름답다고 할 순 없죠."

"알겠습니다."

나는 의자에서 일어났다. 무언가 격렬한 감정이 치밀어 오를 줄 알았는데 이상할 정도로 담담했다. 방금 사형 선고를 내린 후 판사 봉을 탕, 탕, 탕 세 번 내리친 의사가 오히려 더 당황한 표정을 지었다.

"그래도 더 큰 병원에 가셔서 정밀 검사를 하고 치료를 받으셔야죠."

"알아서 하겠습니다."

나는 진료실을 나왔다. 술 생각이 간절했지만 3개월밖에 남지 않은 불쌍한 내 인생을 알코올로 채울 수는 없었다. 그렇다고 남은 시간을 고통에 벌벌 떨며 지내고 싶지도 않았다. 건달 세계에서도 추하게 밀려났는데 인생에서마저 오점을 남기기는 싫었다. 비교적 멀쩡한 정신에 최후를 맞이하고 싶었고 그러자면 내가 선택할 수 있는 건 한 가지 방법뿐이었다.

자살.

나는 성미 급한 운명이 목줄을 틀어쥐기 전에 먼저 죽기로 결심했다.

* * *

5월 29일. 여름으로 막 접어들기 시작한 5월 말의 하늘은 잔뜩 흐렸다. 금방이라도 비가 쏟아질 것 같았다. 열어놓은 운전석 창문으로 습기 가득한 후덥지근한 바람이 불어 들어왔다. 일기예보에서는 종일 맑음이라 했는데….

창문을 닫고 에어컨을 켰다. 내 몸뚱이만큼이나 잔고장이 많은 낡은 BMW는 어둠이 내리기 시작하는 국도를 달리고 있었다.

추모 공원에서 시간을 보낸 나는 어머니가 계신 요양원에도 다녀왔다. 경기도 외곽에 자리한 요양원에는 어머니처럼 중증 치매를 앓는 노인들이 가득했다. 흔하디흔한 신파 영화처럼 어머니는 어딘가로 도망가 버린 아버지 대신 홀로 아들을 키웠고, 그 아들은 커서 훌륭한 깡패가 됐다. 어머니는 자존심이 매우 센 사람이었다. 자신이 갖은 고생을 하며 키워낸 아들이 기껏 깡패 새끼가 되었다는 걸 끝까지 인정 못 하셨다. 주위 사람들에게는 아들이 엄청 큰 부동산 회사에서 일한다고 거짓말을 하셨다. 남의 구역을 뺏는 게 일이었으니 딱히 틀린 말도 아니었다.

어머니가 치매를 앓게 된 건 5년 전부터였다. 나는 가뭄에 콩 나

듯 고향 집에 들렀으므로 어머니의 상태가 나빠지는 걸 알아채지 못했다. 결국 혼자서는 식사도 해결하지 못할 정도가 되어서야 병원에 갈 수 있었다. 그리고는 나름의 순서를 밟아 요양원으로 옮겼다. 요양원에 갈 때까지만 하더라도 어머니는 간간이 제정신일 때가 있었다.

"내가 집 놔두고 왜 여기에서 사냐?"

어머니는 집으로 돌아가고 싶다며 완강하게 버텼다.

"여기선 밥도 주고 운동도 시켜주고 하잖아."

"그건 나도 할 수 있다."

"그걸 할 수 있는 양반이 집 주소를 까먹어서 동네를 헤매고 돌아다니우?"

내 말에 어머니는 아무런 대꾸도 하지 않았다. 그 뒤부터 어머니는 쭉 요양원에서 지내셨다. 나는 명절 때 한 번씩 요양원을 찾았고 나머지 시간은 그냥 신경을 끄고 살았다. 점점 의식이 흐려지는 노인네를 본다는 건 못 할 짓이었다.

요양원 원장은 내가 명절도 아닌데 어머니를 찾아오자 놀란 표정을 지었다. 그런 원장을 향해 나는 씩 웃으며 말했다.

"효자 노릇 해보려고요."

어머니는 마침 밖에 나와 있었다. 분신처럼 들고 다니는 소형 라디오는 여전히 어머니 곁을 지켰다. 화단 앞 벤치에 앉아 활짝 핀 꽃을 하염없이 바라보는 어머니는 내가 생각했던 것보다 훨씬 더 쪼그라들어 있었다.

"엄마. 나 왔수."

나는 어머니가 좋아하는 카스텔라를 건네며 옆에 앉았다.

"누구요?"

어머니가 촉촉한 눈으로 나를 보며 물었다.

"누구긴. 엄마 아들… 아니, 맛있는 거 갖다주러 온 사람이지."

라디오에서는 스포츠 뉴스가 흘러나왔다. 어제 롯데가 LG를 상대로 한 더블헤더 첫 경기에서 9회 말 투아웃 이후 대역전승을 거둔 걸 가지고 패널들이 이런저런 얘기를 주고받고 있었다.

"아! 맛있는 거. 나 카스텔라 좋아해요. 그런데 자주 오시네."

어머니는 빙그레 웃으며 카스텔라를 받아 든 뒤 카디건 주머니에 집어넣었다.

"어어. 그러면 다 찌그러지잖아. 그냥 지금 먹어요."

어머니는 비밀 이야기라도 하듯이 내 쪽으로 상체를 숙이고는 조용히 말했다.

"아들 오면 주려고요. 우리 아들도 카스텔라 좋아하거든."

순간 눈두덩이 부근이 화끈 뜨거워졌다. 빌어먹을…. 대가리가 굵어지고 나서는 어머니 앞에서 울어 본 적이 한 번도 없었다. 어머니한테는 절대 눈물을 보이지 않으리라 다짐했기 때문이다. 그 다짐을 죽을 때가 다 돼서 깰 수는 없었다.

"카스텔라 나도 좀 줘 봐요. 배고프니까."

"안 되는데…."

"안 되긴 뭐가 안 돼요! 내가 사 왔는데."

나는 카스텔라를 억지로 뺏다시피 해서 봉지를 뜯고는 한 입 크게 베어 물었다. 어머니는 안타까운 표정으로 내 얼굴과 카스텔라를 번갈아 바라볼 뿐이었다.

"아! 거 참 맛있네."

목이 메었지만 꾸역꾸역 씹어 삼켰다. 나는 어머니에게 남은 카스텔라를 돌려준 후 미련 없이 일어났다. 그런 나를 향해 어머니가 말했다.

"조심해서 가요. 우리 아들 만나면 내 말 좀 전해주고."

"무슨 말이요?"

"하고 싶은 일을 실컷 하라고. 걔가 어릴 때부터 참고만 살았거든."

"알았어요, 알았어."

나는 고개를 끄덕인 후 서둘러 돌아섰다. 차라리 잘됐다는 생각이 들었다. 어머니의 기억 속 나는 착하고 번듯한 아들로 남아 있을 테니까.

이제 죽을 준비는 끝났다. 요양원에서 출발해 국도를 타고 서울로 돌아오는 내내 그 생각을 했다. 죽을 방법이야 셀 수도 없이 많았다. 그중에서 나는 한강에 뛰어내리는 걸 선택했다. 다른 사람이 뒤치다꺼리할 필요도 없고 괜히 시체로 남아 다른 놈들의 입방아에 오를 일도 없었다. 철물상에서 구한 무거운 추를 허리에 매고 뛰어내릴 작정이었다. 그러면 떠오르지도 않을 것이다. 유서? 그딴 게 뭐가 필요하겠는가.

한 점씩 빗방울이 떨어진다 싶더니 금세 빗줄기가 거세졌다. 국도는 완전히 어둠에 휩싸였다. 갑작스레 쏟아지는 폭우에다가 퇴근 시간까지 겹쳐 국도에는 차들이 넘쳐났다. 나는 와이퍼를 켜고 전방을 주시했다. 이 빗속에서도 속도를 줄이지 않는 차들이 많았다. 라디오를 틀었다. 뉴스가 흘러나왔다.

"…연쇄살인으로 보이는 사건이 서대문구에서 또 일어났습니다. 벌써 세 번째입니다. 경찰은⋯."

뉴스에 막 귀를 기울이던 그 순간, 1차선을 맹렬한 속도로 달리던 붉은색 람보르기니 한 대가 저만치 앞에서 갑자기 2차선으로 들어오는 게 보였다.

"어어!"

본능적으로 브레이크를 밟았지만 이미 늦었다.

쾅!

앞선 차들이 차례대로 부딪치며 나도 바로 앞의 차를 박고 말았다. 내 뒤의 차도 마찬가지였다.

쾅!

나는 온몸 가득 전해지는 충격을 고스란히 느끼며 운전대에 가슴을 부딪쳤다. 빌어먹을 에어백은 터지지도 않았다.

그 후로도 충격이 몇 번 더 밀려왔다. 나는 운전대를 잡고 간신히 버텼다. 마지막 쾅, 소리가 저 멀리서 들린 후 국도는 정적에 휩싸였다. 오직 자동차 지붕을 때리는 빗소리만 들릴 뿐이었다.

"하아⋯."

나는 천천히 숨을 고르며 몸 상태를 살폈다. 허리가 아프고 목이 뻐근했다. 제일 아픈 곳은 운전대에 부딪힌 가슴 부위였다. 그래도 견딜 만했다. 어딘가 부러지지는 않은 것 같았다. 고개를 들었다. 좌우로 빠르게 움직이는 와이퍼 사이로 앞차의 깨진 후미등이 보였다. SUV인데 사고의 충격 때문인지 트렁크가 찌그러진 채로 조금 열려 있었다.

일단 운전석 문을 열고 밖으로 나갔다. 거센 빗줄기가 기다렸다는 듯 달려들었다. 다른 차에서도 속속 운전자가 내렸다. 다행히 크게 다친 사람은 없는 듯했다. 기세 좋게 끼어들었던 람보르기니만이 허연 연기를 풀풀 내뿜고 있었다. 먼저 자동차 뒤쪽으로 갔다. 움푹 들어간 범퍼가 보였다. 이 차를 다시 운전할 일이 없다는 걸 아는데도 이상하게 속이 쓰렸다.

"괜찮으십니까?"

뒤차 운전자가 얼굴을 찡그리며 물었다. 평범한 외모의 남자였다.

"뭐, 죽진 않겠네요. 그쪽은요?"

죽을 일은 따로 있었다.

"저는 목이 좀 불편하긴 한데…."

"금방 합의하지 말고 최대한 병원에서 뭉개세요."

"네?"

이번에는 자동차 앞쪽으로 갔다. 앞이 조금 더 심각했다. 보닛이 들려 올라갔고 범퍼도 덜렁거렸다. 내 범퍼가 찌그러진 만큼 앞차의 꽁무니도 말이 아니었다. 열린 트렁크는 바람이 불 때마다 덜그럭거렸다.

앞차 운전자는 아직 내리지 않았다.

설마… 심하게 다친 건 아니겠지?

그렇다면 골치 아파진다. 나는 손을 이마에 대서 쏟아지는 빗줄기를 막으며 앞차 운전석 쪽으로 다가갔다. 밤인 데다가 워낙에 선팅을 짙게 해놔서 앞차 운전자가 어떤 상태인지 보이지 않았다. 나는 손으로 운전석 창문을 두드렸다.

똑똑.

그 소리가 제법 선명하게 울려 퍼졌지만 안에서는 아무런 대답이 없었다.

"괜찮으면 좀 나와 봐요!"

다시 한번 창문을 두드리며 소리를 쳤지만 여전히 묵묵부답이었다. 싸한 느낌이 머릿속을 스치고 지나갔다.

"이거 잘못된 거 아냐?"

나는 손잡이를 잡아당겼다. 문은 잠겨 있었다. 재킷 주머니에서 핸드폰을 꺼내 조명을 켰다. 다른 운전자들도 핸드폰을 귀에 대고 열심히 떠들고 있었다. 나는 전화를 거는 대신에 조명으로 운전석 창문을 비춘 채 눈을 바싹대고 안을 들여다봤다.

그 순간 운전석의 남자와 눈이 마주쳤다.

"씨팔. 깜짝이야!"

나도 모르게 한 발 뒤로 물러섰다.

남자는 머리에 피를 흘리고 있었는데 나를 놀라게 했던 건 그 피가 아니었다. 눈빛. 마치 날카로운 송곳으로 찌르는 듯한 그 눈빛에 나는 흠칫했다. 척 보기에도 보통 사람의 눈빛이 아니었다. 건달 중에도 저런 눈빛을 가진 놈들은 손에 꼽을 정도일 것이다.

나는 핸드폰을 고쳐 쥐고 다시 운전석으로 다가갔다. 빗줄기는 점점 더 굵어졌다.

"저기요. 다친 것 같은데 그렇게 노려보지만 말고 좀 나와 보라고요. 나라고 박고 싶어서 박았겠습니까."

남자는 여전히 아무런 대답도 하지 않았다. 이제는 앞만 노려보고 있었다.

"뭐 하는 놈이야?"

슬슬 짜증이 나기 시작했다. 그렇게 무서운 기세로 노려볼 거면 밖으로 나와서 내 멱살이라도 틀어쥐는 게 정상일 텐데 남자는 미동조차 없었다. 내 몸은 이미 흠뻑 젖었다.

"이 차 운전자 괜찮습니까?"

이제는 남자의 앞차 운전자까지 와서 나에게 물었다.

"모르겠수다. 조금 다친 것 같은데 반응을 안 하네요."

빌어먹을. 꼼짝도 하기 싫다 이거지?

"저기요. 이봐요!"

새로 가세한 운전자가 창문을 두드리는 걸 보며 나는 돌아섰다. 누군 비 맞으면서 이 지랄을 하고 싶은 줄 아나. 축축하게 젖은 머리카락을 털며 다시 차에 올라타려고 할 때였다.

부웅!

요란한 엔진음이 들리더니 앞차가 갑자기 움직였다.

"뭐, 뭐야?"

운전석 창문으로 안을 들여다보고 있던 운전자가 놀라서 펄쩍 뛰었다. 앞차는 굉음과 함께 전진한 뒤 잠시 멈춰 섰다. 그러더니 이번에는 후진을 해왔다. 당연히 내 범퍼는 완전 작살이 났다.

"이 새끼가 미쳤나?"

화가 머리끝까지 솟았다. 정말로 몇 년 만에 내보는 화였다. 남자는 술을 마신 게 틀림없다. 그러지 않고서야 이런 상황에서 현장을 떠나 도망가려는 게 말이 되지 않았다.

부웅!

남자가 또 가속페달을 밟은 듯 우렁찬 소리가 울려 퍼졌지만 사고 차량들 사이에 꽉 낀 SUV는 꼼짝도 하지 못했다. 나는 그 틈을 놓치지 않고 SUV를 향해 달려갔다. 창문을 깨서라도 놈을 끌어낸 뒤….

그 순간 SUV의 덜컹거리던 트렁크가 위로 휙 올라갔다. 나는 놀라서 멈춰 섰다. 악어처럼 입을 쩌억 벌린 트렁크에 유독 시선이 갔다. 트렁크 안에 뭔가가 가득 들어 있었다. 비상 깜빡이 불빛을 받아 번들거리는 그것들은… 하이힐이었다.

"이게 뭐야?"

나도 모르게 트렁크 쪽으로 다가갔다. 족히 수십 켤레는 되어 보이는 하이힐이 트렁크 바닥에 널브러져 있었다.

수십 켤레?

설명할 수 없는 위화감이 가슴을 훑고 지나갔다.

뭐지? 뭐가 이상한 거지?

남자가 운전하는 자동차 트렁크에서 하이힐이, 그것도 이렇게 많이 나왔다는 건 충분히 이상한 일이었다. 놈이 구두 장사가 아닌 이상 설명할 수 없는 일이기도 했다. 하지만 더 이상한 점은 따로 있었다. 내 무의식은 이미 눈치를 채고 있었지만 둔해 빠진 나는 영문을 몰라 하이힐만 멍하니 바라봤다. 꺼림칙한 느낌을 가득 안고서. 그때 차가 또 움직였다. 네 개의 바퀴가 바닥을 쓸며 내는 끼이익, 하는 마찰음이 귀를 파고들었다.

네 개의 바퀴….

순간 어떤 깨달음이 번개처럼 스치고 지나갔다.

"이거 다 짝이 다르잖아?"

비로소 알아챘다. 각기 다른 모양, 다른 크기의 하이힐은 모두 한 짝씩만 있었다. 수십 켤레가 아니었다. 하나도 짝이 맞지 않았다. 그런 게 트렁크 바닥을 꽉 채울 정도로 많았다.

"이거 변태 새끼가?"

왜 그런 놈들이 있지 않은가. 여자의 스타킹이나 속옷 같은 것들을 훔치는 놈들.

끼이익.

SUV는 여전히 빠져나가려고 발버둥을 쳤다. 분명히 수상쩍은 상황이긴 하지만 이것 때문에 필사적으로 도망을 친다고 생각하기에는 무리가 있었다. 더 큰 무언가, 범죄에 가까운 무언가가 있다는 의심을 지울 수가 없었다. 그것도 여자와 관련된 범죄.

그때였다.

멀리서 사이렌 소리가 들렸다. 구급차와 경찰차가 달려오고 있었다. 반대편 차선에서 번쩍이는 경광등 불빛이 보였다. 사이렌 소리가 들린 것과 동시에 SUV도 포기한 듯 멈춰 선다 싶더니 갑자기 운전석 문이 벌컥 열렸다. 남자가 튀어나왔다. 이리저리 두리번거리던 남자와 이번에도 눈이 딱 맞았다. 남자의 얼굴이 정면으로 보였다. 북어 대가리처럼 비쩍 마른 놈이었다. 광대뼈가 툭 튀어나왔고 눈은 움푹 꺼졌다. 숟가락으로 푹 뜬 것 같은 자리에 형형하게 빛나는 눈알이 쏙 들어가 있었다. 오래 보고 있으면 소름이 돋을 것 같은 눈빛이었다. 내 건달 인생을 걸고 장담하는데, 분명 한 번 이상은 피 맛을 본 놈의 눈빛이었다. 나는 놈을 향해 조용히 물었다.

"저 하이힐 뭐야?"

남자는 대답 없이 돌아섰다. 그러고는 차를 버리고 빗속을 달리기 시작했다.

"이 새끼가!"

나는 남자의 뒤를 쫓아 달렸다. 놈은 체구가 작은 만큼 재빨랐다. 어긋난 관절처럼 멈춰 서 있는 차들 사이를 쏙쏙 빠져나가더니 단숨에 국도를 가로질러 야산을 달려 올라가기 시작했다. 나도 필사적으로 남자의 뒤를 따랐다. 비에 젖은 산길은 더럽게 미끄러웠다. 발이 진흙에 푹푹 빠졌다. 미끄러지기는 남자도 마찬가지였다. 국도변 야산은 험하고 가팔랐다. 나는 나뭇가지를 잡고 거의 매달리듯 앞으로 내달렸다.

"거기 서!"

남자를 향해 소리쳤다. 놈은 힐끗 뒤를 바라보더니 다시 속도를 높였다. 나는 어둠 속에서 남자를 놓치지 않으려고 온 신경을 집중했다. 가슴이 아프고 폐가 찢어질 것 같았지만 오랜만에 아드레날린이 샘솟았다. 젊은 날의 대부분을 악의 경계선에서 살아온 자만이 느낄 수 있는 위험한 예감이 머릿속을 가득 채웠다.

저 남자는 나쁜 놈이었다.

그것도 아주 나쁜 놈.

인간은 누구나 선과 악의 경계를 넘나든다. 선한 면이 있으면 악한 면도 있기 마련이고 그 반대의 경우도 마찬가지다. 하지만 어떤 놈들은 선의 경계와는 완전히 떨어져 악한 면만을 타고 나기도 한다. 그냥 그렇게 태어나는 것이다. 나는 건달 생활을 하면서 그런 인간을 딱 두 명 봤다. 한 명은 이쪽 세계에서 유명한 킬러였고, 나머지 한 명은 고등학교를 졸업하자마자 우리 조직에 들어온 햇병아리였다. 둘은 완전히 다른 위치에서 살아왔지만 두 가지 공통점이 있었다. 하나는 피도 눈물도 없이 잔인하다는 것, 그리고 또 하나는 눈빛에 감정이 전혀 담겨 있지 않다는 것.

킬러는 자신을 뒤쫓던 경찰의 가족을 죽였다가 꼬리를 잡혀 학교에 들어갔고, 그 햇병아리는 술집 여자를 둘인가 셋인가 죽여서 결국 조직에서 쫓겨났다. 그 후 싸움에 휘말려 칼침을 맞고 죽었다는 소문이 돌긴 했다.

아무튼, 필사적으로 도망가는 저 남자도 그 둘과 똑같은 눈빛을 가지고 있었다. 감정이라곤 일체 읽을 수 없는 짐승의 눈빛.

저놈은 끔찍한 범죄를 저지른 게 확실하다. 그 범죄가 하이힐과 관련된 것이라면 떠오르는 단어는 딱 하나밖에 없었다.

살인.

놈이 여자를 죽이고 하이힐을 벗기는 모습이 눈앞에 생생하게 그려졌다.

그렇다면, 내 짐작이 사실이라면 저놈을 절대 놓쳐서는 안 된다. 여자를 살해하는 놈을 이 세상에 풀어놓을 수는 없었다.

"이야아!"

거리가 조금 좁혀졌다 싶었을 때 나는 힘껏 몸을 날려 남자를 덮쳤다. 간신히 놈의 다리를 붙잡는 데 성공했다. 남자가 쭉 미끄러지며 앞으로 넘어졌다. 나는 다리를 꽉 잡고 놓지 않았다. 우리는 진흙 범벅이 된 채로 뒹굴었다. 남자가 발로 내 얼굴을 걷어찼다. 아프지도 않았다.

"너 일로 와 봐!"

나는 쓰러진 그대로 남자의 허리춤을 잡고 몸을 일으켰다. 그러고는 양쪽 허벅지로 남자의 몸을 꽉 눌렀다. 몸을 뒤집은 남자가 격렬하게 저항했다. 다리를 버둥거리면서 동시에 팔을 뻗어 내 목을 거머쥐려고 했다. 나는 놈의 팔을 쳐낸 다음 길쭉한 턱을 향해 주먹을 날렸다. 세게 칠 필요도 없었다. 짧고 빠르게 한 방이면 충분했다.

퍽!

남자는 벼락이라도 맞은 것처럼 몸을 부르르 떨더니 이내 잠잠해졌다. 그런 놈의 얼굴을 향해 주먹을 몇 방 더 날렸다. 그래도 분이 풀리지 않았지만 힘이 빠지긴 나도 마찬가지여서 일단은 숨부터 골랐다.

"으으."

남자가 가느다란 신음을 흘렸다.

"너 정체가 뭐야? 엉?"

남자는 바람막이 점퍼를 걸치고 있었다. 나는 그 점퍼의 주머니를 뒤졌다. 지갑이 나왔다. 지갑 안에는 꽤 많은 현금이 들어 있었지만 신분증은 보이지 않았다. 대신 꼬깃꼬깃 접은 종이 한 장이 들어 있었다. 슬쩍 펴보니 약도였다. 나는 그 지갑을 챙긴 다음 남자의 멱살을 잡고 흔들었다.

"이름이 뭐야? 너 누구냐고?"

"크크크."

남자는 대답하는 대신 비릿한 웃음을 흘렸다. 다시 울컥 화가 치밀었지만 이번에는 참았다. 놈의 얼굴을 피범벅으로 만들어 버리면 나중에 가서 말썽이 생길 수도 있다. 어쨌든 나는 깡패니까. 주먹을 꽉 쥔 깡패와 쥐어 터진 하이힐 수집광이 같이 서 있다면 백이면 백 하이힐 쪽의 편을 들어주기 마련이다.

"일어나."

나는 남자를 억지로 일으켜 세웠다. 어쨌든 이대로 끌고 다시 국도까지 내려갈 생각이었다. 거기엔 아직도 경찰들이 있을 것이고….

"윽!"

통증은 예고 없이 날아들었다. 나는 가슴을 부여잡았다. 온몸을 갈가리 찢어놓는 듯한 격한 통증이 가슴에서 시작돼 전신으로 퍼져나갔다. 가슴을 운전대에 부딪쳐서 아픈 것과는 차원이 달랐다. 내 정신을 아득히 뛰어넘을 정도의 고통이었다. 나도 모르게 무릎이 픽 꺾였다. 흉통이 찾아온다던 의사의 말이 생각났다. 이 비열한 통증은 호시탐탐 기회를 노리고 있다가 중요한 순간에 나를 덮쳤다. 나는 모로 쓰러졌다.

남자는 잠시 어리둥절한 표정으로 나를 바라보다가 천천히 뒷걸음질을 치기 시작했다.

"젠… 장…."

놈을 향해 팔을 뻗었다. 닿을 리 없었다. 남자는 뒤를 돌아 다시 산속으로 달려 들어갔다.

"안 돼…."

고통에 몸부림치면서도 그 한마디를 내뱉었다. 어둠 속으로 사라지는 놈의 뒷모습을 보며 나는 서서히 의식을 잃었다.

***

서희와는 우리 조직에서 관리하는 룸살롱 앞 편의점에서 처음 만났다. '낭만 속으로'라는 유치찬란한 이름의 룸살롱은 위치가 좋아 매출이 꽤 나왔다. 덕분에 다른 조직에서도 호시탐탐 노리는 곳이 되었고, 나는 어쩔 수 없이 그곳을 자주 방문했다. 진상들이 있으면 해결하기도 하고 일하는 사람들의 불평불만을 들어주는 게 내 역할이었다. 룸살롱의 바지 사장은 내가 오는 걸 불편하게 여겼지만 그러거나 말거나 나는 내 마음대로 했다. 어쨌든, 그때는 여전히 면도칼이라 불리던 시절이었으니까.

그날도 나는 룸살롱에서 하루를 보내고 있었다. 푼돈이 오가는 오락실 몇 개와 노래방은 부하들로도 충분했다. 손님들이 몰릴 밤 시간에 바지 사장이 곤혹스러운 표정으로 나를 찾았다. 진상 한 놈이 난동을 부린다는 말과 함께.

"앞장서요."

나는 사장과 함께 복도 몇 개를 지나 문제의 룸으로 갔다. 이미 몇 미터 앞에서부터 시끄러운 소리가 들렸다.

룸에 들어가니 덩치 크고 등판에 문신을 한 남자가 종업원 머리

채를 잡고 흔들어 대는 중이었다. 나는 망설이지 않고 놈의 옆구리를 발로 찼다.

"뭐…."

놈이 돌아보는 순간 주먹을 날렸다. 코가 주저앉으며 피가 튀었다. 나는 포마드를 잔뜩 발라 뒤로 넘긴 놈의 머리카락을 잡은 채 질질 끌고 나왔다.

"이 새끼가 어디서 지랄이야! 엉?"

"아! 이거 놔! 놓으라고!"

돼지처럼 소리를 질러대는 놈의 얼굴에 펀치 몇 방을 더 먹이자 겨우 잠잠해졌다. 나는 그 길로 놈을 끌고 룸살롱 밖으로 나갔다. 그러고는 바닥에 냅다 팽개쳤다.

"너 지금 당장 안 꺼지면 여기 간판에 거꾸로 매달아 놓을 거니까 알아서 해!"

놈은 비척대며 일어나서는 조용히 물러나는 듯했다. 그러다가 갑자기 나를 향해 팔을 휘둘렀다. 본능적으로 손을 뻗어 막는데 뜨거운 통증이 스치고 지나갔다. 손바닥이 찢어져 피가 쏟아졌다. 놈은 어디서 구했는지 유리 조각을 들고는 씩씩거렸다.

"이런 개새끼가!"

피를 보자 나도 눈이 돌아갔다. 유리 조각 든 놈의 손을 발로 차서 무기를 제거한 후 두들겨 패기 시작했다. 뒤따라 나온 종업원들이 말리지 않았다면 크게 사고를 쳤을 것이다. 남자는 피투성이가 돼 거리에 널브러졌다.

"병원에 데리고 가."

나는 그 말만 하고 손바닥을 살폈다. 깊은 상처는 아니지만 피가 제법 흘렀다.

"젠장. 약국도 다 문 닫았는데."

그렇게 말하며 고개를 든 순간 편의점 문을 열고 고개를 쑥 내밀고 있던 여자와 눈이 마주쳤다. 나는 상처 난 부위를 한 손으로 누른 채 편의점으로 다가갔다. 그러자 여자가 질색하며 밖으로 나왔다.

"안 돼요. 출입 금지! 가게 바닥에 피 떨어져요."

조금 전 상황을 봤으면서도 내게 소리를 지르다니 배짱 하나는 두둑하다 싶었다.

"붕대나 뭐 그런 거 없습니까? 하다못해 대일밴드라도."

여자는 못마땅한 표정으로 나를 훑어보더니 편의점 안으로 들어갔다.

"잠깐 기다리세요."

잠시 후 여자는 붕대와 생수 한 병을 들고나왔다.

"생수는 왜?"

"피 좀 씻어내야 할 거 아니에요."

여자는 상처에다가 생수를 부었다. 생각보다 따가워서 깜짝 놀랐지만 최대한 티를 안 내려고 애썼다.

"아프죠?"

여자가 물었다.

"아뇨. 이 정도야 뭐."

"그러게 왜 싸우고 그래요. 동네 시끄럽게."

여자는 붕대를 대충 두르고는 만족한 듯한 표정을 지으며 나를 바라봤다.

"고맙습니다."

붕대 매듭은 나중에 고쳐 매야겠다고 생각하며 말했다.

"붕대는 공짜고 생수 값만 내세요."

여자가 말했다.

"붕대값도 내겠습니다. 알바가 그렇게 막 퍼주면 안 되죠."

"붕대는 가게에 있던 거 그냥 가지고 나온 거예요. 그리고 저 알

바 아니에요. 제가 주인."

"아!"

나는 새삼스레 편의점과 그 편의점의 사장을 번갈아 바라봤다. 가슴에 달고 있는 이름표가 눈에 들어왔다.

최서희.

그것이 서희와 나의 첫 만남이었다.

운명은 곧잘 장난을 친다. 대개는 아주 고약한 장난이어서 그 운명 앞에 놓인 약해빠진 인간들은 허둥대기 마련이다. 그러다가 가끔, 그야말로 아주 가끔 호의를 베풀기도 하는데 내게는 서희가 운명이 베푼 최대의 호의로 보였다. 나는 마치 운명처럼 서희에게 빠져들었다. 집에서는 물론이고 다른 건달들과 싸움을 벌일 때도 서희 생각이 났다. 심지어는 변기에 앉아서도 서희 생각만 했다. 빌어먹을 사춘기 소년이 되고 만 것이다.

나는 예전보다 훨씬 자주 룸살롱을 찾았는데 그때마다 편의점에 들렀다. 편의점에 들러서는 괜히 라면 같은 걸 사 먹으며 서희에게 실없는 농담을 했다.

"여기 유흥가인데 귀찮게 하는 손님은 없어요?"

어느 날 내가 물으니 서희는 말없이 손가락으로 나를 가리켰다.

그러고는 풋, 하고 웃었다. 나는 그 웃음이 너무 좋아 오래오래 가만히 바라봤다.

원래는 구멍가게였던 곳을 아버지에게 물려받은 후 서희가 빚을 내 편의점으로 바꿨다. 편의점으로 재탄생하면 걱정이 없을 줄 알았는데 사방팔방으로 다른 편의점들이 연달아 들어섰다. 그 탓에 아르바이트생도 거의 쓰지 않고 서희가 종일 가게를 봐야 겨우 수지가 맞았다. 아르바이트생이 펑크라도 내면 하루도 못 쉬고 편의점을 지켜야 할 때도 더러 있었다. 한번은 딱해서 이렇게 묻기도 했다.

"편의점 접고 몇 달이라도 좀 쉬면 어때요. 그러다가 몸 망가지겠는데?"

"못 쉬어요. 아버지가 편찮으셔서 계속 돈이 들어가거든요."

서희를 향한 내 마음이 동정심이었는지 진짜 사랑이었는지 나는 잘 모른다. 다만 한 가지 확실한 것은 전에 만났던 누구보다도 서희에게 빠졌다는 사실이었다. 그것만으로 충분했다. 서희도 서서히 내게 마음을 열기 시작했다. 나는 편의점의 각종 라면을 차례대로 먹으며 서희와 데이트 아닌 데이트를 했다. 제일 입에 맞는 건 김치왕뚜껑이었다. 가끔은 편의점 테이블에 나란히 앉아 컵라면을 먹기도 했다. 꼬마 김치 하나를 사이에 두고. 그게 내 인생에서 가장 빛나던 순간이었다. 그 순간이 그토록 짧을 줄 알았더라면 서희에게 좀 더 잘해줄걸. 시간은 늘 후회와 같이 밀려온다. 시간이 지나고 나서야 자신이 얼마나 바보 같았는지 깨닫게 되는 것이다.

서희는 죽었다.

끔찍하게 살해당했다.

***

"이봐요. 이봐요!"

누군가가 내 몸을 흔들었다. 애정 어린 손길은 아니었다. 머리가 웅웅 울릴 정도로 흔들어 대는 바람에 죽었다 한들 깨어날 수밖에 없었다. 눈을 뜨고 주위를 둘러봤다. 여전히 산속이었다. 나는 앉은 채로 나무에 기대 있었다. 빗줄기는 조금 가늘어졌다. 아마도 나를 도와준 게 분명해 보이는 남자가 큰 소리로 외쳤다.

"괜찮아요? 정신이 들어요?"

"…안 먹었어."

대답을 하려고 입을 열었지만 혀가 내 말을 듣지 않았다.

"네? 뭘 먹어요?"

"…안 먹었어."

나는 일부러 혀를 깨물었다. 그제야 이놈의 혀가 정신을 차렸다.

"머리가 아픈 거예요? 아님 원래 말을 못 하는…."

"귀 안 먹었다고!"

나도 소리를 지르고 나니 그제야 확실히 정신이 들었다.

남자는 놀라서 바라보다가 갑자기 진지한 표정을 짓고는 잔뜩 목소리를 낮췄다.

"누굴 쫓아서 올라왔죠? 그 사람은 어디 있습니까?"

"왜요? 내가 그 사람이면 어쩌려고."

"제가 직접 봤습니다. 바람막이 입은 남자가 도망쳤고, 그 뒤를 따라서 흰 셔츠 입은 선생님이 쫓아 올라가는걸."

남자는 흙이 잔뜩 묻어 더는 흰색이라 부르기 어려운 내 셔츠를 가리키며 말했다.

"그 새끼 도망갔어. 근데 그쪽은 누구…."

"이주영, 형삽니다. 도망친 남자 앞차 주인."

"아!"

그제야 기억이 떠올랐다. 아까 마주친 남자였다. 놈의 SUV가 움직이자 깜짝 놀라 뒤로 물러서던 그 남자. 그런데 형사라고?

"그, 그러시구나. 제가 그놈을 거의 잡을 뻔했는데 갑자기 쓰러져서…."

"SUV 트렁크, 저도 봤습니다. 그래서 쫓아 올라 온 겁니다. 어디로 갔는지 혹시 못 보셨습니까?"

"그게 어둡기도 했고 저도 정신이 없어서 확실히 모르겠네요."

나는 태어나 처음으로 형사에게 솔직히 말했다.

형사는 난감하다는 표정으로 산 위쪽을 올려다봤다. 나는 바닥을 짚고 조심스레 일어섰다. 지금 상황에서 놈을 찾는다는 건 무리였다. 여전히 비는 내리고 산길은 미끄럽고 어둠은 더 짙어졌다.

"먼저 내려가십시오. 전 근처를 한번 돌아보겠습니다. 그놈도 차를 이렇게 버려둘 순 없으니 어딘 가에 숨어서 내려갈 기회를 엿보고 있을지도 모릅니다."

형사는 확실히 내 생각과 달랐다.

"네."

나는 순순히 대답했다. 거짓말을 할지언정 형사 말에 따르는 건 거의 습관이 됐다. 아무렴, 대한민국 경찰 아니신가.

"내려갈 때 조심하세요. 저도 조금만 둘러보고 갈 거니까. 제 차 좀 잘 부탁드립니다."

"네네."

나는 건성으로 대답한 후 올라왔던 길을 되돌아 내려갔다. 내가 미쳤지. 그 생각을 하면서. 하필이면 이 상황에, 그것도 괜한 일에 끼어들어서 비는 쫄딱 맞고 흙투성이가 된 채로 차로 돌아가다니. 그러고 보니 차도 완전히 찌그러졌다. 최악이었다.

"으악!"

비명이 들린 건 바로 그때였다. 재수 없는 상황이 너저분한 뷔페처럼 깔려 있어 골치 아파하던 그때.

반사적으로 고개를 돌렸다. 얼마 떨어지지 않은 곳이었다. 형사라는 그 인간이 올라간 쪽. 비명 역시 형사의 목소리였다. 두 번 생각할 것도 없이 달려 올라갔다. 누군가를 구하겠다는 정의감 때문은 아니었다. 그런 건 개나 준 지 오래됐다. 단지 그놈을 잡아서 족치고 싶을 뿐이었다.

도대체 몇 명의 여자를 죽였냐고.

나는 나무가 빽빽하게 늘어선 숲으로 들어갔다. 진흙에 발이 푹푹 빠졌다. 온 신경을 집중해 주위를 살폈다. 보이는 거라고는 번

득이며 내리는 빗줄기와 나무뿐이었다. 더럽게 어두웠다. 어디에서 뭐가 튀어나올지 몰라 조심스레 움직였다. 핸드폰은 어디 떨어트렸는지 아무리 주머니를 뒤져도 찾을 수가 없었다.

"젠장."

그렇게 중얼거리며 고개를 돌렸을 때였다. 저만치 쓰러져 있는 형사를 발견했다. 그쪽으로 다가갔다. 형사는 바닥에 엎드린 채로 신음을 흘렸다. 뒤통수에서 피가 흘러내리고 있었다.

"괜찮아요?"

완전히 반대 상황이 되어 내가 물었다. 물론 나는 미친 듯이 흔드는 짓 따위는 하지 않았지만.

"으으."

형사는 의식이 있었다. 일어나려고 하는데 몸이 말을 듣지 않는 것 같았다. 내가 아무리 매정하고 경찰과는 상극이라 해도 이대로 두고 갈 수는 없었다.

"핸드폰 좀 쓸게요. 도와달라고 하게."

나는 형사의 바지 주머니를 더듬었다. 딱딱한 게 만져졌다. 그 순간 형사가 꿈틀대며 얼굴을 찡그렸다.

"훔치려는 게 아니고…."

퍽!

인기척을 느낀 내가 상체를 튼 것과 동시에 놈이 휘두른 돌덩이가 옆머리를 때리고 지나갔다.

"윽!"

신음이 터져 나왔지만 한 줌밖에 남지 않은 깡다구로 용케 쓰러지지 않고 버텼다. 나는 재빨리 몸을 돌렸다. 놈이 돌덩이를 들고 다시 덤벼들었다. 정강이를 걷어찼다. 놈의 자세가 무너졌다. 그 순간을 놓치지 않았다.

"이야!"

쥐어 짜낸 기합과 함께 놈을 향해 그대로 달려들었다. 우리는 엉겨서 같이 미끄러졌다. 일어나는 건 놈이 한발 빨랐다. 놈은 들고 있던 돌덩이를 던졌다. 왕년의 면도칼이었다면 가볍게 피했겠지만 지금의 나는 팔로 막을 수밖에 없었다.

"악!"

생각보다 훨씬 아팠다. 그래도 다른 손으로 진흙을 뿌리는 건 놓치지 않았다. 진흙은 놈의 얼굴로 정확하게 날아갔다. 진흙을 뒤집어쓴 놈은 그걸 닦아 내려고 허둥거렸다. 그 틈을 타 놈에게로 다가갔다.

"이 새끼. 한 대만 더 맞자!"

나는 놈의 멱살을 잡은 뒤 온 힘을 실어 다시 한번 턱을 후려쳤다. 놈은 그 자리에서 픽 하고 쓰러져서는 아예 정신을 잃었다.

"아오. 나만 열나게 힘드네."

쓰러진 놈을 내려다봤다. 머리에서 흘러내린 피가 눈으로 들어왔다. 그 피를 훔치며 한숨을 쉬었다. 너무나 고된 하루였다. 심지어 진짜로 골치 아픈 일은 이제 막 시작된 것만 같다는 예감까지 들었다.

이런 식의 안 좋은 예감은 틀린 적이 없었다.

***

상황은 내 의지와는 상관없이 일사천리로 흘러갔다. 내가 신고하고 얼마 후 경찰과 구급대원들이 몰려왔고 우리는 차례로 들것에 실려 내려갔다. 나는 한사코 거부했지만 구급대원의 말을 듣고는 그냥 들것에 누웠다.

"여기 세 명 중에 선생님 상태가 제일 안 좋아 보입니다."

국도는 여전히 아수라장이었다. 사고 차량과 구급차, 경찰차,

거기에 견인차까지 뒤섞여 오히려 처음보다 더 심한 상태였다. 각기 다른 세 종류의 경광등이 마치 내기라도 하듯 번쩍이고 있었다. 누가 더 정신없게 만드는가 하는 내기.

나는 구급차에서 응급처치를 받았다.

"상처는 안 깊은데 생각보다 피가 많이 흐르네요. 일단은 붕대 감아놓고 병원에 가서 꿰매야 할 것 같습니다."

병원에 갈 생각은 전혀 없었다.

"병원에는 안 갈 거니까 반창고 큰 거 한 장 붙여줘요."

"그래도…."

"안 간다니까!"

내 생떼에 구급대원은 떨떠름한 표정으로 반창고를 붙였다. 다친 부위가 욱신거리기는 했지만 병원 침대에 누워 있는 것보다는 백배 나았다.

"고맙수다."

나는 구급대원에게 인사를 건네고 차에서 내렸다. 그러자 기다리고 있었다는 듯 사복 차림의 남자 두 명이 다가왔다. 얼핏 봐도 경찰이었다. 아니면 건달이거나.

"박진혁 씨. 같이 가주셔야겠습니다."

"어디로?"

"여기서 제일 가까운 지구대에 가셔서 조서를 좀 쓰셔야 할 것 같네요."

각오는 했지만 막상 이야기를 들으니 찜찜했다. 범죄자일지도 모를 인간을 잡았는데 그게 하필 전과자에다가 조폭이다. 경찰이 색안경을 끼고 보기에 충분한 조건이었다.

"그놈은 어떻게 됐습니까?"

내가 물었다.

"지금은 정신을 차렸습니다. 저 사람도 같은 지구대로 바로 갈 겁니다. 현재는 이름이고 뭐고 입을 다물고 있네요."

"전 제 차로 따라가겠습니다."

경찰차에 타는 건 영 내키지 않았다. 무엇보다 나중에 내 차를 어디서 어떻게 찾을지 생각만 해도 골치가 아팠다. 그럴 바에야 내가 몰고 가서 고치는 편이 낫겠다 싶었다. 언제 죽어도 이상할 게 없는 3개월짜리 인생이다 보니 귀찮은 건 딱 질색이었다.

"그럼 저희 뒤를 따라오시죠. SM5입니다."

경찰은 의외로 순순히 허락해 줬다.

"지금 출발합니까?"

경찰은 고개를 끄덕였다.

나는 범퍼가 찌그러진 내 고물 BMW에 올라탔다. 다행히 시동은 걸렸고 거슬리는 소리를 내긴 했으나 움직이기도 했다. 일렬로 서 있는 경찰차 중에서 지붕에 경광등을 단 SM5 한 대가 출발했다. 그 뒤를 따라 차를 몰았다.

머리가 욱신거리는 걸 참으며 운전에 집중했다. 비는 여전했고 국도는 어두웠다. 오른쪽 전조등이 깨지는 바람에 외눈박이 신세로 달릴 수밖에 없었다.

저놈은 도대체 누굴까?

혼자 남게 되자 비로소 그 의문이 떠올랐다.

단순한 잡범이 아니라는 것쯤은 이미 알고 있다. 그저 하이힐을 훔치는 정도의 변태였다면 이런 상황까지 오지도 않았으리라. 범죄자는 범죄자를 알아본다. 놈은 그냥 범죄자가 아니었다. 상식을 훌쩍 뛰어넘는, 미친놈이거나 아니면 살인마였다. 어쩌면 둘 다 일지도.

지구대까지는 금세 도착했다. 그사이 비는 거의 그쳤다. 나는 SM5 뒤에 주차를 하고 내렸다. 놈은 형사 두 명에게 양쪽 팔을 잡힌 채로 지구대로 들어가다가 고개를 돌려 힐끔 나를 바라봤다.

"뭘 봐?"

나는 놈을 향해 크게 외친 후 바닥에 침을 뱉었다. 놈은 의미를 알 수 없는 미소를 짓더니 슬그머니 고개를 돌렸다.

"재수 없는 자식."

그렇게 중얼거리며 지구대 안으로 들어갔다.

지구대에는 야간 근무 중인 경찰 둘밖에 없었다. 둘은 배를 깎아 먹고 있다가 슬그머니 칼을 내려놓았다. 갑자기 사람들이 몰려들자 당황한 기색이 역력했다.

형사 중 한 명이 놈을 데리고 구석에 자리를 잡았다. 아마 거기서 심문할 생각인 모양이었다. 나머지 한 명은 내게로 다가와 소파를 가리켰다. 나는 군말 없이 거기 앉았다.

"일단 간단하게 질문 좀 하겠습니다."

형사가 의자를 끌어다가 맞은편에 앉으며 말했다.

"저놈 입은 열던가요?"

나는 턱짓으로 놈을 가리키며 물었다.

"아직 한 마디도 안 했습니다. 이름도 모르고 나이도 모르고 사는 곳도 모릅니다."

"그 차는 조사해 봤어요? 저놈이 몰던 차."

"그것도 조사했는데 도난 차량이라고… 저기요, 질문은 제가 합니다."

"아. 네."

나는 놈에게서 시선을 뗀 후 형사를 바라봤다.

"어떻게 된 일인지 간략하게 설명 좀 해주시죠."

"그러니까 그게…."

그때였다. 놈이 자리에서 일어나고 심문하던 형사가 그 뒤를 따랐다. 화장실에 가는 모양이었다. 그걸 보고 나도 옷을 갈아입어야겠다고 생각했다. 진흙이 잔뜩 묻고 축축하기까지 한 셔츠부터 벗어버리고 싶었다.

"선생님. 빨리 말씀부터 해주시죠."

형사의 목소리가 살짝 높아졌다. 그러거나 말거나 상관없었다. 내 신분을 조회한 후에는 지금보다 훨씬 냉랭하게 대할 테니까.

"형사님. 죄송한데 저 옷 좀 갈아입으면 안 되겠습니까? 보시다시피 꼴이 말이 아니잖아요. 차에 여벌의 옷이 있거든요."

형사는 나를 잠깐 훑어보더니 고개를 끄덕였다.

"그럽시다, 그럼. 갈아입을 옷 들고 빨리 오세요."

나는 고개를 끄덕인 다음 지구대를 나왔다. 여차하면 어머니와

하룻밤을 같이 보내려고 티셔츠와 편한 바지를 가지고 온 게 신의 한 수였다. 차 뒷문을 열고 옷가지가 든 가방을 찾았다. 가방은 사고 때문인지 뒷좌석 바닥에 떨어져 있었다.

"에이."

가방을 끄집어내려고 상체를 깊숙이 밀어 넣었다. 그 동작을 하는 것만으로도 삭신이 쑤시고 머리가 아팠다. 차라리 병원에 가서 하룻밤 푹 쉬기라도 할 걸 그랬나 하는 생각에 후회와 함께 짜증이 밀려왔다. 이제 와서 돌이킬 수는 없다. 머리 좀 다쳤다고 해서 3개월 시한부가 2개월로 줄어들지는 않을 테니까.

내가 겨우 가방 손잡이를 잡았을 때였다.

"악!"

지구대 안에서 단말마의 비명이 들렸다. 나는 깜짝 놀라 밖으로 몸을 빼내려다 천장에 머리를 부딪치고 말았다.

"이런…."

욕이 나오려는 걸 간신히 참으며 차 밖으로 나왔다. 때마침 지구대 문이 벌컥 열리며 놈이 달려 나왔다. 배를 깎던 과도를 한 손에 쥐고서.

"뭐야?"

놈은 나를 발견하지 못하고 곧장 SM5에 올라타 그대로 달아나 버렸다. 그야말로 순식간에 벌어진 일이었다. 나는 지구대 안으로 뛰어 들어갔다. 네 명이나 되는 경찰이 바닥에 쓰러져 신음하고 있었다. 바닥에 피가 흥건했다. 순간 한 단어가 머릿속을 스치고 지나갔다.

칼잡이.

놈은 체구도 작고 비쩍 말랐지만 어딘지 모르게 날카로운 분위기를 풍겼다. 잘 벼른 칼처럼. 이제 모든 게 이해됐다. 놈은 칼잡이였다. 그것도 아주 솜씨 좋은.

나는 지구대 전화기로 119에다가 신고를 한 후 바로 밖으로 나갔다. 놈이 차를 몰고 어디로 갈 건지는 뻔했다. 어쨌든 국도를 타지 않으면 멀리 도망갈 수 없는 상황이었다.

만신창이가 된 BMW에 다시 올랐다. 왜 놈을 다시 쫓으려고 하는지 나도 내 마음을 이해하기 힘들었다. 다만 이거 하나는 분명했다. 놈을 잡지 못하면 화병에 걸려 3개월이 아니라 지금 당장 죽을 것 같았다. 여자를 죽이는 변태 사이코패스 칼잡이는 이 세상에서 사라져야 한다. 죽은 서희를 위해서라도 놈을 잡고 싶었다.

나는 무작정 국도를 향해 차를 몰았다. 놈이 도망친 지 5분 정도가 지났다. 마음이 급했다. 힘껏 가속페달을 밟았다. BMW는 불만에 가득 찬 소리를 내면서 밤길을 달렸다. 비가 내리지 않아 그나마 다행이었다. 시간을 확인하니 이제 아홉 시였다. 자정이 되려면 아직 한참 남았다. 길고 긴 오늘 하루는 도무지 끝날 생각이 없어 보였다. 아니, 오늘의 끝이 어떻게 될지조차 예상할 수 없었다.

얼마나 달렸을까, 포기를 해야겠다는 생각이 슬금슬금 피어오르던 그때 갓길에 서 있는 SM5를 발견했다. 나는 재빨리 브레이크를 밟으며 갓길 쪽으로 핸들을 돌렸다.

끼익.

거슬리는 마찰음과 함께 차가 멈췄다. 나는 차에서 내려 SM5 쪽으로 다가갔다. 운전석 문은 열려 있고 놈은 없었다. 혹시나 해서 근처를 둘러봤지만 아무것도 보이지 않았다. 그때였다. 무심코 야산 쪽으로 고개를 돌렸는데 흙이 뭉개져 있었다. 가까이 가서 보니 발자국이 위쪽까지 나 있었다.

놈은 아까처럼 산속으로 도망친 게 틀림없었다.

그런데 왜?

의문이 떠올랐다. 몇 시간 전에는 놈도 어쩔 수 없는 상황이라

야산으로 도망을 친 것이다. 지금과는 상황이 달랐다. 지금은 차를 몰고 충분히 더 도망갈 수 있는데 굳이 다시 산으로 들어가는 고생을 할 필요가 없지 않은가.

나는 놈의 발자국을 보며 고민에 빠졌다. 다시 산을 오른다는 생각만으로도 온몸이 쑤셨다. 그렇다고 여기서 돌아서기에는 분이 풀리지 않았다. 핸드폰이 없으니 당장에 신고도 못 하는 상황이었다.

"젠장. 그래. 가 보자."

짧게 한숨을 쉰 다음 놈의 발자국을 따라 산으로 들어섰다. 어떤 일이 기다리고 있을지 감히 상상도 하지 못한 채.

***

발자국이 선명하게 찍혀 그나마 다행이었다. 하늘이 갰다고는 하지만 산속은 말도 못 하게 어두웠다. 잔뜩 불어 터져 희미하기만 한 달빛으로는 어둠과 나무를 분간하는 게 고작이었다. 눈은 땅에 고정하고 손은 앞으로 뻗어 어딘가에 부딪히는 걸 막으며 조금씩 이동했다. 놈의 발자국은 보폭이 크고 거침이 없었다. 이미 수도 없이 같은 길을 걷기라도 한 것처럼.

얼마쯤 올라가자 돌이 많은 지형이 나오며 발자국도 사라졌다. 낭패였다. 여기서 흔적을 놓치면 말짱 도루묵이다. 혼자서 산 전체를 돌아다닐 수도 없고 설령 그렇다 한들 놈을 찾는다는 보장도 없었다.

"젠장."

나도 모르게 그런 소리가 나왔다. 머리는 욱신대고 다리는 아프고 아까 나를 쓰러뜨렸던 통증은 무지근하게 남아 있고 구두 속에 들어 있는 발은 아예 비명을 질러댔다. 게다가 젖었던 셔츠가 마르면서 춥기까지 했다.

왜 사서 이 고생을 하는 걸까?

그런 의문이 들자 모든 게 귀찮아졌다. 얼마 남지도 않은 인생에서 거의 반나절을 허비해 버렸다. 어서 집으로 돌아가 뜨거운 물에 샤워를 하고 라면이든 뭐든 끓여서 딱 맥주 한 캔만 마시고 싶었다. 그 후론 죽은 듯이 자고.

그러니까, 산에서 내려갈 이유는 충분했다. 차고 넘쳤다. 내 이야기를 듣는다면 보스는 물론 머리에 피도 안 마른 똘마니 녀석들도 비웃을 게 뻔했다. 경찰과도 이상하게 엮여서 분명 귀찮은 일이 생길 터였다.

그러니까… 당장이라도 산에서 내려갈 이유는 충분했다.

나는 그러는 대신에 아까 놈에게서 챙겼던 지갑을 꺼냈다. 산에서 내려갈 이유야 수도 없이 많았지만 놈을 잡아야 하는 이유는 하나였다.

나쁜 놈이니까.

정의감이나 책임감 때문은 아니었다. 그딴 것들은 이미 밥 말아먹은 지 오래됐다. 깡패로 살아오면서 온갖 나쁜 짓은 다 했으니까. 피를 묻힌 적도 있고, 피를 묻혀 오라고 시킨 적도 있다. 그 과정에서 누군가의 인생을 송두리째 망쳐버린 경우도 수없이 많으리라. 그러니까 나도 충분히 나쁜 놈이었다.

나쁜 놈은 나쁜 놈이 제일 잘 안다. 놈은 멈추지 않을 것이다. 이대로 도망에 성공하면 또 누군가를 노릴 게 분명하다. 자신보다 약하고 힘없는 누군가를. 내가 본 이상 그것만은 막고 싶었다.

나는 지갑을 뒤져 약도를 빼냈다. 선 몇 개로 성의 없이 그린 듯했던 약도는 특정 장소를 가리키고 있었다. 내 예상이 정확하다면 그 장소는 이 산속 어디다. 그래야 놈의 행동을 설명할 수 있다. 문제는 약도만 보고 그 장소를 찾을 수 있는 가다. 놈의 목적지일 것 같은 그곳은 X로 표시가 되었다. 그 표시 주위로 거북이를 뒤집어 놓은 것 같은 바위가 있고, 그곳까지 가는 건 외길이었다. 가장 중요한 정보는 약도 아래쪽에 있었다. 갈래 길이 나오는데 둘 중 왼쪽 길 위에 화살표가 그려져 있었다.

지도를 들고 다시 걸음을 옮겼다.

아직도 안 늦었어. 돌아서 내려가.

가끔 올바른 판단이라는 걸 하는 내 무의식이 그렇게 속삭였다. 사실 무의식은 아까부터 계속 같은 말을 하고 있었다.

발을 빼라고. 오지랖 그만 떨고 집에 가서 발 닦고 잠이나 자라고. 죽은 듯이 지내다가 그냥 죽으라고.

세 번이나 칼침을 맞을 때도 무의식은 경고를 보냈다. 나는 그때마다 번번이 무시했고, 결국 남은 건 흉터뿐이었다. 어쩌면 이번에도 마찬가지 결과가 생길지 모른다. 한 가지 다른 점은 그때와 달리 이제는 살아보려고 아등바등 애를 쓰지 않아도 된다는 것이다.

한참을 더 올라가서야 갈래 길과 마주했다. 나는 왼쪽 길로 들어섰다. 울퉁불퉁 튀어나온 돌을 조심스레 밟으며 계속 올라갔다. 발자국 같은 건 남아 있지 않지만 나는 이상하게도 놈의 흔적을 느낄 수 있었다. 위로 올라갈수록 그 느낌은 더 뚜렷하게 변했다. 바람 끝에 비릿한 물 냄새가 섞여 있었다. 다시 비가 쏟아질 것 같았다. 발걸음을 조금 서둘렀다.

헉헉거리며 그 길을 따라 10분 정도 더 올라갔다. 그러자 무성하게 자란 들풀 사이로 커다란 바위가 모습을 드러냈다. 거북이를 거꾸로 뒤집어 놓은 듯한 바로 그 바위였다. 나는 바위로 다가가 주위를 둘러봤다. 그 순간 높다란 암벽 한가운데 뚫린 동굴이 눈에 들어왔다.

저기다!

느낌이 왔다. 약도의 X 표시와도 위치가 거의 비슷했다. 무엇보다 동굴 자체가 수상한 기운을 마음껏 내뿜고 있었다.

나는 동굴을 향해 천천히 다가갔다. 가까워질수록 팔뚝의 잔털이 곤두섰다. 동굴 입구는 어두웠다. 주위의 어둠을 모조리 빨아들이는 것 같았다. 그것만이 아니었다. 동굴 안에서 서늘하고 눅눅한 바람이 불어 나왔다.

놈이 정말 저 안에 있을까?

새삼 그런 의문이 몰려왔다.

만약 저곳이 은신처라면 어두운 동굴 안에서 놈은 뭘 하고 있는 걸까?

　답은 간단했다. 직접 들어가 보면 될 일이었다. 나는 바닥에 떨어져 있는 나뭇가지 중 굵고 튼튼한 놈을 골라 집어 들었다. 그러곤 나뭇가지를 앞세워 동굴 안으로 들어갔다. 다음 순간, 나는 바로 후회했다. 동굴은 지독하게 어두웠다. 눈앞의 내 손바닥도 보이지 않을 정도였다. 게다가 서늘한 바람이 불던 것과는 달리 동굴 안은 견딜 수 없을 정도로 갑갑했다. 단순히 어둠 때문에 그런 것은 아니었다. 공기가 달랐다. 온몸에 끈적끈적 달라붙었다. 아니, 아예 내 몸을 휘감았다. 휘감고는, 몸 안으로 비집고 들어오려는 것 같았다.

　도저히 참을 수가 없었다. 나는 입구를 향해 돌아섰다.
　"뭐야?"
　나도 모르게 말이 튀어나왔다.
　입구가 없었다. 그저 어둠뿐이었다. 순간 착각했나 싶어 다시 고개를 돌렸다. 마찬가지였다. 입구는커녕 어둠의 벽이 딱 가로막고 있었다. 사방이 어둠이었다. 나는 방향 감각을 잃어버렸다. 심장이 뛰었다. 어둠이 내 모든 감각을 앗아간 듯했다. 머릿속으로 낯선 단어 하나가 자리 잡았다.

공포.

머리가 아프고 숨쉬기가 힘들었다. 갑갑한 느낌은 가시지 않았다. 등허리를 타고 땀이 흘러내렸다. 이대로 가만히 서 있다가는 미쳐버릴 것 같았다. 나는 어둠을 더듬으며 무작정 걷기 시작했다. 나뭇가지가 지팡이 역할을 했다. 눈이 먼 사람처럼 지팡이로 바닥을 두드리며 천천히 움직였다. 어둠은 점점 더 짙어졌고 공기의 질감 역시 훨씬 빽빽하게 변했다. 보이지 않는 막을 통과하는 느낌이었다.

"침착하자. 침착해."

그렇게 중얼거리며 길을 따라 모퉁이를 돌았을 때였다. 저 멀리 희미한 빛이 보였다. 희망이 샘솟았다. 빛은 분명 동굴 밖에서 들어오는 것 같았다. 나는 아무것도 안 보이는 상태에서도 거의 뛰다시피 하며 그 빛을 향해 움직였다.

빛과의 거리가 줄어들수록 답답하고 갑갑한 느낌은 커졌다. 어둠으로 물든 손이 내 허리춤을 잡고 끌어당기는 것 같았다. 다른 손 하나는 내 목을 조르고 있었다. 나는 그야말로 사력을 다해 한 발씩 옮겼다.

"조금만 더…."

나는 이를 악물었다. 거센 바람을 뚫고 돌진하듯, 아니면 질척거리는 갯벌을 지나 육지로 향하듯 몸을 잔뜩 웅크린 채로 다리를 움직이는 일에만 몰두했다. 빛은 이제 몇 미터 앞에 있었다. 아무래도 동굴 밖으로 빠져나가는 다른 입구인 듯했다. 아직 밤일 텐데 환한 빛이 어떻게 들어오고 있는지 알 수는 없었지만 지금은 그런 걸 따질 때가 아니었다.

"으윽."

숨이 턱 끝까지 차올랐다. 정신이 아득하게 멀어졌다. 한 발만 더 움직이면 되는데 온몸의 힘이 빠져 버린 나는 그걸 못하고 부들부들 떨기만 했다. 빛은 바로 앞에서 굼실거리고 있었다.

나는 다리를 움직이는 대신 거의 몸을 날려 그 빛 안으로 들어갔다. 그때였다. 상체가 빛에 닿자마자 나를 옥죄고 있던 끈적끈적한 기운이 사라졌다. 덩달아 몸도 가벼워졌다. 나는 고개를 들었다. 눈 부신 빛이 새어 들어왔다. 얼른 일어나 빛이 머무는 동굴 밖으로 한 걸음을 내디뎠다.

빛에 적응하려고 잠시 눈을 감았다. 바람이 불어왔다. 바람 끝에 신선한 공기가 가득했다. 나는 슬그머니 눈을 떴다. 그 순간 귀를 찢는 소리가 날아들었다.

빠앙!

소리가 들린 쪽으로 고개를 돌렸다.

거대한 덤프트럭이 달려오고 있었다. 어찌나 가까웠는지 트럭 기사의 당황한 표정이 똑똑히 보일 정도였다. 내리막길이었다. 덤프트럭은 멈출 수 없어 보였다. 덩달아 내 두 다리도 딱 굳었다. 그 자리에 못이라도 박힌 것처럼.

빠앙!

다시 경적이 날아들었다. 그제야 몸을 움직일 수 있었다. 나는 앞으로 굴렀다. 덤프트럭은 끼이익 소리를 내며 내가 서 있던 곳을 덮쳤다. 그야말로 간발의 차이였다. 몇 초만 늦었어도 트럭에 치였다. 트럭은 몇 미터를 더 미끄러지고 나서야 멈춰 섰다. 나는 그 모습을 멍하니 바라봤다. 잠시 후 운전석 쪽 창문을 열고 기사가 거의 튀어나올 듯 상체를 내밀었다.

"야! 똑바로 안 다녀? 거기가 어디라고 갑자기 튀어나오는 거야? 거지꼴을 하고선."

나는 딱히 할 말이 없어 일어나 고개를 푹 숙였다.

기사는 혀를 몇 번 차며 노려보더니 차 안으로 들어갔다. 트럭은 으르렁거리는 소리를 내다가 이내 다시 움직이기 시작했다.

나는 그제야 숨을 토해냈다. 그러고는 내가 서 있던 곳을 바라봤다. 굴다리 앞이었다. 동굴은 온데간데없었다. 심지어 산속도 아니었다. 게다가 대낮이었다. 동굴 속에서 아무리 오래 헤맸다고 해도 그사이 해가 떠서 이렇게 타오르고 있을 리 만무했다. 굴다리 앞은 바로 건널목이었다. 나는 빨간불인 그 건널목에 넋을 놓고 서 있었던 것이었다.

신호가 바뀌길 기다렸다가 길을 건너 굴다리로 다가갔다. 굴다리 위는 고가도로였다. 차들이 쌩쌩 달리고 있었다. 굴다리는 그리 넓지도, 그리고 길지도 않았다. 그렇다는 말은 빌어먹을 동굴과 접점이 하나도 없다는 뜻이었다. 시험 삼아 굴다리 안을 왔다갔다 했지만 아무 일도 없었다.

홀린 기분이었다. 아니, 진짜로 홀렸다.

답답한 마음에 굴다리를 빠져나와 멍하니 주위를 둘러봤다. 맞은편에 편의점이 있었다. 문득 차가운 물 한 모금이 간절했다. 다행히 놈의 지갑이 있었다. 제법 많은 현금도.

편의점 문을 열고 들어가자 계산대의 아르바이트생이 흠칫 놀랐다. 그제야 내 몰골이 말이 아니라는 사실을 새삼 깨달았다. 셔츠는 거의 누런색이고 구두는 진흙이 잔뜩 묻었다. 무엇보다 머리에 붙여놓은 반창고가 제일 이상하게 보일 것이다.

그러거나 말거나 나는 냉장고로 가 생수 한 병을 꺼내왔다. 담배 생각도 간절했지만 참기로 했다. 어차피 3개월 후면 죽을 텐데 까짓것 담배 좀 피우면 어떠냐 싶다가도 그걸 하나 못 참아 죽기 전까지 담배에 매달리는 내 모습이 싫기도 해서 아예 관심을 꺼버렸다.

"계산해 드리겠습니다."

아르바이트생은 긴장한 표정으로 바코드를 찍었다.

나는 마땅히 시선 둘 데를 찾지 못해 괜스레 편의점 이곳저곳을 둘러봤다. 계산대 맞은편 벽에는 TV가 달려 있었다. 무슨 프로그램인지는 모르겠지만 전문가입네 하는 사람들이 잔뜩 나와 알아듣기 힘든 이야기를 열띠게 하고 있었다. 그때였다. 나는 설명할 수 없는 위화감을 느꼈다.

뭐지?

분명 뭐가 잘못됐는데 그게 뭔지 콕 짚어낼 수가 없었다.

"손님. 저…."

나는 손을 들어 아르바이트생의 말을 막은 다음 TV를 향해 다가갔다. 두 눈 가득 화면이 들어왔다. 방송사 로고와 프로그램 이름이 떠 있었다. 그 옆에는….

"5월 28일?"

나도 모르게 중얼거렸다.

작은 글씨이기는 하지만 화면 상단에 '5월 28일(목)'이라는 자막이 떠 있었다. 나는 눈을 끔벅거리다가 아르바이트생을 향해 몸을 돌렸다.

"이거 재방송인 건가?"

갑작스러운 질문에 아르바이트생은 적잖이 당황하더니 머리를 긁적였다.

"정확히는 모르지만 지금 하고 있는 것 같은데요."

"오늘이 몇 월 며칠이지?"

나는 다시 물었다.

아르바이트생도 이번에는 분명하게 대답했다.

"5월 28일이요. 목요일."

"확실해? 시간은?"

"1시 30분이요."

아르바이트생은 자신의 핸드폰을 보여줬다. 확실했다. 5월 28일 목요일 오후 1시 30분이었다. 나는 핸드폰을 뚫어지게 바라봤다. 그래도 바뀌는 건 없었다. 머리를 한 대 얻어맞은 것 같았다. 진짜로 얻어맞았을 때보다 지금이 더 아팠다.

지난밤은 분명 5월 29일 금요일이었다. 만약 날이 밝은 거라면 지금은 당연히 5월 30일 토요일이 되어야 한다.

그런데… 5월 28일이라고?

나는 비틀거리며 편의점 밖으로 나갔다.

"손님. 생수!"

목이 마른 느낌도 싹 가셨다. 수십 가지 생각이 떠올랐다가 사라졌다. 그나마 가장 합리적인 건 내가 꿈을 꾸고 있다는 가설이었다. 진짜 생생한 꿈. 동굴에서 정신을 잃고 쓰러져….

"젠장."

나는 멈춰 섰다. 그야말로 꿈같은 소리였다. 머리가 욱신거리고 심장이 두근거리는 지금 상황이 꿈일 리 없었다. 게다가 이상한 일이 한두 개여야 말이지.

이러지도 못하고 저러지도 못한 채 가만히 서 있는데 노인 한 명이 내 앞을 느릿느릿 지나갔다.

"저, 영감님. 혹시 오늘이 며칠입니까?"

혹시나 하는 마음에 그렇게 물었다.

노인은 나를 위아래로 훑어보더니 천천히 대답했다.

"28일이잖아. 목요일."

역시, 이게 현실이었다.

"그러면 여기가 어딥니까?"

노인은 고개를 갸우뚱하더니 미심쩍다는 표정으로 나를 노려봤다.

"아니, 자기가 어느 동네에 있는지도 몰라? 여기 북가좌동이잖아."

"아! 네. 고맙습니다."

나는 서둘러 인사를 하고 자리를 떴다. 노인의 낌새가 아무래도 심상치 않았다. 누구든 지금의 나를 본다면 수상하다고 느낄 것이다. 가장 먼저 해야 할 게 큰길로 나가 옷을 사 입는 일이었다.

골목 몇 개를 지나자 제법 번화한 길이 나왔다. 안쪽에는 시장도 있었다. 나는 시장 안으로 들어가 옷 가게를 찾았다. 마침 남녀 상관없이 입을 수 있는 티셔츠와 바지를 파는 곳이 있었다. 대충 눈대중으로 내게 맞는 사이즈를 찾아 계산하려고 지갑을 꺼냈다. 그때였다.

"잠깐만요."

덩치 큰 남자 한 명이 내 팔을 잡았다. 동시에 또 다른 남자가 옆으로 붙어 섰다. 두 사람이 형사라는 건 대번에 알 수 있었다.

"서까지 동행하셔야겠습니다."

덩치 큰 남자가 말했다.

"왜요?"

일단 한 번은 버텼다.

"신고가 들어와서요. 수상한 사람이 돌아다닌다고."

망할 노인네.

한 번 더 저항할까 하다가 슬그머니 눈을 깔았다. 반항해 봐야 소용없는 상황이었다. 난 누가 봐도 수상한 몰골이었고 아무리 우겨도 내 말을 믿지는 않을 것 같았다. 그러니까, 내일에서 온 사람이라는 사실을….

"혹시 이 옷들만 살 수 있을까요?"

나는 최대한 활짝 웃으며 물었다. 형사는 내 꼴을 보더니 이내 고개를 끄덕였다.

옷을 산 뒤 형사와 함께 차가 있는 곳까지 걸어갔다. 두 명의 형사는 내 오른쪽과 왼쪽에 서서 팔을 단단히 붙들고 있었다. 몇몇 사람이 나를 힐끔거리며 쳐다봤다. 수갑을 차진 않았지만 명백한

연행이었다. 나는 조심스레 물었다.

"그런데 제가 무슨 죄로 잡혀가는 겁니까?"

"서대문구 여성 연쇄살인 사건 용의자."

형사가 짧게 말했고, 그 순간 나는 무언가 단단히 잘못되고 있다는 사실을 깨달았다.

어제의 세계

나는 서울 서대문경찰서로 바로 끌려갔다. 그리고는 여전히 옷을 손에 든 채로 취조실에 앉아 있었다. 그나마 좋은 소식은 아직 수갑을 채우지 않았다는 데 있었다. 내 지문을 채취하고 신상정보도 알아갔지만 경찰들도 긴가민가한 모양이었다. 분명 내 전과 기록을 본다면 생각을 달리하겠지만.

취조실 문이 언제 열릴지 알 수 없는 상황에서 나는 최대한 머리를 굴렸다. 얼마간 뉴스 같은 것과는 담을 쌓고 있었기에 서대문구에서 벌어진 연쇄살인 사건에 대해 많은 걸 알지는 못했다.

그렇다는 말은 내가 그럴싸한 알리바이를 대지 못할 수도 있다는 뜻이었다.

하지만 나는 범인이 누구인지 알 것도 같았다.

어제, 아니 5월 29일 금요일에 내가 쫓던 바로 그놈. 트렁크의 그 많은 짝짝이 하이힐은 분명 여성을 상대로 한 범죄가 있었음을 뜻한다. 게다가 놈은 29일에서 28일로 도망쳤다. 시간을 거스르며 도망칠 정도이니 쉽게 잡을 수 없는 건 당연한 일. 이건 내가 경찰을 설득해야 할 가장 중요한 부분이었지만 나 역시 이해를 못 하는 상태니 달리 도리가 없었다.

느낌이 싸했다.

나라는 인간에게 누명을 씌우기란 너무도 쉬운 일이었다. 전과자이자 조폭인 남성이 조직에서 소외당한 분노를 죄 없는 여성들을 향해….

취조실 문이 열렸다.

아까보다 더 차갑게 생긴 형사 두 명이 안으로 들어왔다. 한 명은 노골적으로 싱글거렸고, 나머지 한 명은 무표정이었다.

"박진혁 씨. 경력이 아주 화려하네."

싱글거리는 쪽이 종이를 들여다보며 말했다.

나는 가만히 앉아 형사의 눈치만 살폈다.

"아! 우리도 소개해야지. 나는 오 형사, 그리고 저쪽은 김 형사."

싱글거리는 쪽, 그러니까 오 형사가 적어도 이 자리에서는 책임자인 모양이었다. 내가 비위를 맞춰야 할 상대이자 반드시 설득해야 할 상대이기도 했다.

"저… 믿기 힘드시겠지만 제 얘기 좀…."

"두 달 동안 서대문구에서만 열 명이 죽고 다섯 명이 실종됐어. 범위를 넓혀보면 전국적으로 비슷한 수법으로 죽은 여자가 모두 합쳐 서른이야. 30명이라고. 이런 마당에 믿기 힘든 이야기가 또 있을까? 응?"

오 형사는 표정만 싱글거릴 뿐 말투에 가시가 돋아 있었다. 하긴 관할 지역에서 이토록 사건이 일어나는데 범인을 체포하지 못한 거면 경찰들 모두 예민해 있으리라. 그걸 감안하고라도 오 형사의 말 속에 무언가 걸리는 게 있었다. 그게 뭔지 퍼뜩 떠오르지 않아 답답했다.

"미리 말씀드리지만 전 그 사건의 범인이 아닙니다."

나는 최대한 부드럽게 말했다.

"폭력 전과 3범에 조폭 중간 보스인 놈이 요상한 몰골을 하고는 동네를 돌아다니고 있다. 구두에는 진흙이 잔뜩 묻었고, 바지와 셔츠에도 마찬가지고 대가리는 어떻게 된 건지 반창고를 떡하니 붙여 놓았고… 이건 뭐 내가 범인이라고 써놓고 다니는 거랑 뭐가 다르지?"

오 형사는 내 앞에 앉았다. 가까이서 보니 역시 눈매가 매서웠다. 싱글거리는 표정은 저 눈매를 감추기 위한 일종의 위장인 것 같았다.

"형사님 말씀 다 알겠는데 전 범인이 아닙니다."

"그러면 그 꼴로 왜 북가좌동을 돌아다니고 있었어?"

"그게 말씀드리자면 이야기가 좀 긴데…."

"길거나 말거나 내가 받아들일 수 있는 이야기를 해봐."

오 형사는 그렇게 말하며 의자에 몸을 파묻었다.

나는 어디서부터 말해야 할지 몰라 잠시 뜸을 들였다. 사실 내 머릿속이 지금 상황보다도 더 뒤죽박죽이었다. 살인마처럼 생긴 놈을 따라 동굴 안으로 들어갔는데 나와 보니 어제가 되었다? 이건 뭐 누가 소설로 쓴다고 해도 말릴 만한 황당한 이야기였다. 그렇다고 입을 다물고 있으면 이상하게 엮일 확률이 높았다.

나는 에라 모르겠다는 심정으로 일단 입을 열었다.

"교통사고가 있었습니다."

"교통사고? 언제?"

"그러니까 그게… 여기 기준으로 보자면 내일이죠. 5월 29일 금요일."

오 형사가 미간을 찌푸리며 똑바로 앉았다. 얼굴에는 무슨 말인지 모르겠다는 표정이 떠올랐다. 사실 내 표정도 그리 다르진 않았을 것이다. 나는 횡설수설하는 걸 최대한 막기 위해 어머니를 만나고 온 것부터 이야기를 풀어나갔다.

"잠깐. 그러니까 그 일이 전부 내일 벌어질 사건이라고?"

오 형사가 드디어 질문을 던졌다. 황당해하던 표정은 어느새 분노로 바뀌어 있었다.

"이야기를 조금 더 들어보시면…."

"이 인간이 장난하나! 얘 그냥 미친 거 아닙니까?"

오 형사는 벌떡 일어나 취조실 한쪽 벽면의 유리로 다가갔다. 아무래도 유리 너머에 다른 경찰들이 있는 모양이었다.

"말도 안 되는 이야기하며 저런 꼴로 돌아다니는 것까지 빼도 박도 못하는 상황이니까 일단 정식으로 체포하죠!"

오 형사가 다시 말했다.

나는 마음이 급했다.

"아직 이야기가 남았습니다! 사고가 나서 제가 앞 차를, 그러니까 SUV인데 그걸 들이박았거든요. 근데 트렁크가 열리면서 거기에 하이힐이 잔뜩 들어있는 걸 보고…."

거기까지 말한 순간 오 형사가 나를 휙 돌아봤다. 무뚝뚝하던 김 형사도 갑자기 관심을 보였다. 나는 내가 말을 잘못 꺼냈나 싶었다. 불편한 침묵이 몇 분간 계속됐다. 더는 참을 수가 없어서 무슨 말이라도 꺼내려고 입을 열었던 바로 그때 취조실 문이 열리며 다른 인물이 들어왔다.

여자였다. 오 형사와 김 형사는 새로 나타난 인물을 향해 꾸벅 고개를 숙였다. 여자는 거침없이 내게로 다가와 손을 내밀었다.

"안녕하세요? 강력반 팀장 유인하입니다."

"아! 네…."

엉거주춤 일어나 나도 악수를 했다.

"좀 앉으시죠."

유인하 팀장은 내게 앉을 것을 권한 후 두 형사를 향해 말했다.

"수고했어. 여긴 내가 맡을 테니까 잠깐 나가 있어."

아무래도 팀장의 힘이 막강한 듯했다. 오 형사와 김 형사는 군

소리 하나 없이 취조실 밖으로 나갔다. 그걸 확인한 후 유 팀장은 내게 미소를 지어 보였다. 칼로 그어놓은 것 같은 날카로운 미소였다.

"제가 왜 중간에 들어왔는지 아세요?"

유 팀장이 물었고, 나는 고개를 저었다. 짐작도 가지 않았다. 다만 이런 경우라면 두 가지 결과가 생긴다는 건 알고 있었다. 하나는 용케 문제가 잘 해결되는 것, 그리고 남은 하나는 상황이 오히려 더 꼬이는 것. 후자일 확률을 무시할 수 없기에 나는 바짝 긴장했다.

"처음부터 저 뒤에서 계속 지켜보고 있었는데 흥미로운 말씀을 하시더군요."

"저는 있는 그대로 말씀드린 것뿐입니다. 사고가 난 건 분명 5월 29일이었고…."

"아니 그거 말고."

유 팀장은 단번에 내 말을 잘랐다.

"그럼?"

"하이힐. SUV 트렁크에 하이힐이 가득 들어있었다고 했죠?"

"네. 그것도 모두 다른 모양이었고 한 짝씩밖에 안 들어 있었습니다."

"흐음."

유 팀장은 생각에 잠긴 표정으로 허공을 올려다봤다. 나는 시선 둘 데가 없어 유리를 바라봤다. 아직도 저 뒤에 누가 있는 걸까? 지금 내 진술은 녹음되고 있겠지? 어떻게 해야 내가 내일에서 넘어왔다는 걸 이해하게 만들까?

"그건 기밀이었어요."

속절없이 불어나는 물음표를 자르며 유 팀장이 말했다.

"네?"

나는 되물었다.

"하이힐이요. 연쇄살인마가 피해자의 하이힐을 한 짝씩만 들고 간다는 건 경찰만 아는 정보였죠. 놈에게는 일종의 전리품일 텐데 가만히 생각해 보면 그 소중한 걸 늘 트렁크에 넣고 다닌다는 것도 말이 되네요."

"그놈은 하이힐을 들키자마자 냅다 도망쳤습니다. 그 뒤를 제가 쫓은 거고."

유 팀장은 고개를 끄덕였다.

"여러 사건이 있었는데 결론부터 말하자면 놈은 동굴로 도망쳤고….”

"그것들이 29일, 그러니까 내일 일어나게 될 일이란 거죠?"

유 팀장은 핵심을 짚었다. 나는 반가운 마음에 목소리를 높였다.

"믿어주시는 겁니까? 맞습니다. 제가 있던 곳은 5월 29일이었습니다. 분명합니다. 그런데 놈을 따라서 동굴로 들어갔다가 나오니 바로 지금이 된 겁니다. 그러니까 전 어제로 오게 된 거죠."

"딱히 믿지는 않아요. 전 논리적으로 설명할 수 없는 일에는 관심이 없거든요."

"저도 그랬는데 이런 일이 닥치니까 안 믿을 수가 없어요!"

"그럼 뭘로 증명할 거죠?"

유 팀장이 물었다.

증명?

나는 골똘히 생각했다. 놈의 지갑이 떠올랐다. 나는 바지 주머니에서 얼른 지갑을 꺼내 유 팀장에게 내밀었다.

"이, 이게 그놈 지갑입니다. 신분증 같은 건 없지만 아마 지문이 찍혀 있을 겁니다. 물론 제 지문도 찍혔겠지만."

유 팀장은 고개를 끄덕이며 손가락 두 개로 지갑을 잡아 탁자 위에 올려놓았다. 그러고는 다시 나를 바라봤다. 아직 부족하다는 표정과 미심쩍다는 눈빛으로.

그 눈빛을 마주하자 뇌라도 꺼내서 보여줘야 하는 게 아닐까 싶을 정도로 조바심이 났다. 어떤 걸 증거로 내세워야 납득할까? 필사적으로 기억을 더듬어 갔다. 그 순간 뉴스가 떠올랐다. 어머니 라디오로 들었던 뉴스.

"혹시 핸드폰 가지고 계십니까?"

내가 묻자 유 팀장은 주머니에서 핸드폰을 꺼냈다. 얼추 계산했을 때 지금쯤이면 더블헤더 1차전이 거의 끝나갈 무렵이었다.

"어디든 좋으니 지금 야구 생중계하는 거 볼 수 있을까요?"

내 말에 유 팀장은 눈을 동그랗게 떴다.

"저 야구 좋아해요. 생중계야 이 어플로 볼 수 있죠."

"어느 팀 좋아하세요?"

"LG. 그런데 갑자기 야구는 왜요?"

"증거를 보여 달라고 하셨죠? 지금 하는 LG와 롯데 경기 결말을 제가 압니다. 롯데가 5점 차로 지고 있다가 9회 투아웃 이후에 내리 점수를 내서 결국 6대5로 이깁니다!"

유 팀장은 핸드폰과 내 얼굴을 번갈아 보다가 한 마디를 던졌다.

"조금 있다가 다시 올게요."

취조실에 혼자 덩그러니 남은 나는 뒤죽박죽이 된 머릿속을 정리했다. 단체로 나를 속이는 게 아니고서야 오늘이 28일인 건 확실했다. 꿈이 아니라는 것도 확실했다. 사후 세계도 아니지 싶었다. 난 죽으면 지옥에 갈 게 분명한데 여긴 지옥치고는 너무 평화로웠다. 결론은 하나였다. 나는 과거로 온 것이다. 바로 어제로.

국도변 야산의 그 동굴, 내가 놈의 은신처라 생각했던 그 동굴이 사실은 통로였다. 어제로 통하는 문. 그렇다는 말은 놈 역시 5월 28일의 세계로 넘어왔다는 것이다. 약도까지 그린 거로 봐서는 이미 수 차례, 아니 수십 차례 같은 짓을 반복했을지도 모른다. 거기까지 생각을 하자 한 가지 가능성이 떠올라 소름이 돋았다.

어제로 가 살인을 하고 오늘로 도망쳐 온다면?

문이 벌컥 열리며 유 팀장이 들어왔다. 흥분한 표정이었다. 유 팀장은 내게 핸드폰을 들어 보였다. 경기 결과가 떠 있었다.

7대6.

롯데의 승리였다.

"그렇지!"

나는 주먹을 불끈 쥐며 외치다가 핸드폰을 다시 바라봤다. 뭔가 이상했다.

"7대6? 분명 6대5였는데…."

"경기, 지금 막 끝났어요. 최종 점수는 틀렸지만 과정은 다 맞더군요. 설명 좀 해봐요."

"어제, 아니 내일, 아니 이것도 이상하고 아무튼 제가 있던 29일에 뉴스를 통해 들었습니다. 그리고 또 하나. 일기예보에는 내일 하루 종일 맑음이라고 뜰 텐데 그건 사실이 아닙니다. 내일 오후부터 날씨가 흐려지고 저녁에는 폭우가 쏟아집니다."

"좋아요. 그럼 지금부터 다시 찬찬히 이야기를 해봐요. 내가 들어 줄 테니까 아무리 사소한 거라도 빼먹지 말고 다 이야기해 보세요."

유 팀장은 자리에 앉았다.

"휴우."

나는 크게 한숨을 쉰 뒤 이야기를 시작했다. 내일의 세계에서 벌어졌던 사건을 어제의 세계 사람에게 천천히 설명했다.

한 번도 끊지 않고 주의 깊게 들어준 유 팀장 덕에 나는 아주 자세히 이야기를 할 수 있었다. 물론 남은 목숨이 3개월이니 뭐니 이따위 이야기는 하지 않았다.

"그러니까 그 야산의 동굴에 들어갔다가 빠져나왔는데 거기가 북가좌동 굴다리였고, 확인을 해보니 박진혁 씨 기준으로 어제인 5월 28일이더라 이 말이죠?"

나는 고개를 끄덕였다.

"그렇다면, 박진혁 씨는 시간여행을 한 거네요?"

시간여행이라….

너무도 비현실적이라서 오히려 그럴 수도 있겠다고 생각했다. 아니, 시간여행이 아니라면 도무지 설명할 수가 없었다. 동굴이든 무슨 집이든 한 번 들어갔다가 나오면 시간의 틈에 빠져 전혀 다른 곳으로 이동하는 이야기가 많지 않은가. 한때는 나도 독서, 정확히 말하면 만화책 마니아였다. 비슷한 이야기야 수도 없이 많았다.

문제는… 그 일이 하필이면 왜 내게 일어났는가 하는 거였다.

"그럼 혹시 사진을 보면 그놈 얼굴 바로 알아보실 수 있겠어요?"

유 팀장이 다시 물었다.

놈의 얼굴을 어찌 잊을 수 있을까? 그 날카로운 눈초리와 기괴하게 웃던 표정까지 생생한데.

나는 고개를 끄덕였다.

"그럼 박진혁 씨는 그 옷부터 갈아입으세요. 이제부터는 용의자가 아니라 목격자로 분류할 테니 너무 걱정하지 마시고."

유 팀장은 그렇게 말하며 취조실 문을 열어줬다. 시원시원한 성격이었다. 한편으로는 무모해 보이기도 했다.

"정말 이래도 되는 겁니까? 이미 아시겠지만 저 조폭입니다. 거짓말도 잘합니다. 게다가 제가 만약 진짜 범인이라면 어떡하시려고…."

유 팀장은 고개를 들어 나를 뚫어져라 바라봤다. 그러고는 입을 열었다.

"제가 말했죠. 전 논리적인 걸 좋아한다고. 전 시간여행이 가능하다고 믿어요. 중요한 건 진혁 씨가 실제로 시간여행을 했느냐 하는 거였죠. 뭐, 약간 차이가 나긴 했지만 야구 최종 결과도 맞혔고 진술에도 일관성이 있으니 모험을 한번 해보려는 거예요."

언뜻 내 말을 믿는다는 것으로 들리기는 했지만 나는 그 안에 담긴 핵심을 간파했다. 앞으로의 내 이야기에 조금이라도 빈틈이 생긴다면 유 팀장은 바로 나를 공격할 게 뻔했다.

어쨌든 나는 유 팀장 옆을 지나쳐 남자 화장실로 들어갔다. 너무 더러워서 아예 빳빳하게 변한 셔츠와 바지를 벗고 새 옷으로 갈아입으니 날아갈 것만 같았다. 형사들에게 붙잡혀 오느라 속옷을 못 산 게 두고두고 아쉬울 정도였다.

나는 세수를 해서 얼굴에 묻은 진흙과 피도 깨끗하게 지웠다. 그제야 좀 사람 같아 보였다.

복도로 나가자 유 팀장은 핸드폰을 들여다보고 있다가 대뜸 내게 물었다.

"혹시 롯데 팬이세요?"

"아뇨."

"그럼 됐어요."

뭐가 된 건지는 모르겠지만 어쨌든 유 팀장의 뒤를 따라 강력계 안으로 들어갔다. 수갑을 차지 않고 경찰서를 돌아다니는 것은 실로 오랜만이라 적응하기가 힘들었다. 형사들이 나만 쳐다보는 것 같았다. 유 팀장은 자기 방으로 나를 데리고 들어갔다.

"우선 거기 앉으시고 이 사진들 좀 봐주세요. 용의자들을 추린 건데 혹시 아는 얼굴이 있을지도 모르니까."

사진은 못 해도 수십 장은 되어 보였다. 아마 피해자의 주변 인물이나 비슷한 범죄를 저지른 사람 중 서대문구에 사는 인간들일 것이다.

나는 사진을 보기 전 슬쩍 눈을 감고 놈의 얼굴을 떠올렸다. 마치 몇 분 전에 마주치기라도 한 것처럼 생생했다. 쭉 찢어진 날카로운 눈매, 오뚝한 콧날, 얇고 가는 입술, 그리고 무엇보다 내 면상의 반이나 될까 싶은 작은 얼굴까지 똑똑히 기억났다.

다시 눈을 뜨고 사진을 한 장씩 꼼꼼히 들여다봤다. 척 보기에도 범죄자 같은 인상이 있는가 하면 바퀴벌레 한 마리도 못 죽일 것 같은 사람도 있었다. 나는 처음부터 끝까지 보고, 끝에서 처음까지 한 번 더 봤다.

"없네요. 여긴 없어요."

내 말에 유 팀장은 한숨을 쉬었다.

"나도 뭐 큰 기대를 한 건 아니었는데…."

그런 것 치고는 몹시 실망한 눈치였다. 유 팀장은 감정이 얼굴에 바로 드러나는 사람이었다. 팀장이라면 분명 경감일 텐데 젊은 나이에 진급이 꽤 빠른 편이었다. 유인하 팀장은 지금껏 내가 경험한 어떤 경찰과도 달랐다. 신분 조회를 했으니 내가 삼류 건달이라는 것쯤은 알 텐데 꼬박꼬박 존대하는 것도 신기했고, 거친 말투나 행동을 하지 않는 것도 특이하다면 특이했다.

"이제 뭘 어쩌면…."

내 말이 채 끝나기도 전에 문이 벌컥 열렸다. 나는 뒤를 돌아봤다. 우락부락한 인상의 남자가 서 있었다.

"반장님."

유 팀장이 그렇게 말하며 슬그머니 일어났다.

"용의자를 잡았다며? 그런데 왜 보고를 안 해?"

반장이라는 작자는 버럭 소리를 지르다가 나와 눈이 마주쳤다.

"뭐야? 이놈이야?"

벌떡 일어나 명치에 주먹을 꽂아 넣고 싶었지만 참았다. 사실 참는 것 말고는 별도리가 없었다. 대신에 최대한 용의자 같아 보이지 않는 표정을 지어 보였다.

"아니. 이분은 용의자가 아니라 목격잡니다."

유 팀장은 상관이 소리를 지르는데도 별다른 표정의 변화가 없었다. 나는 목격자에 가까워 보이는 표정을 지으려고 애를 썼고.

"목격자? 그럼 용의자는? 오 형사가 분명 용의자 한 놈을 잡아 왔다고 했는데."

"작은 오해가 있었습니다. 제가 확인해 보니 용의자가 아니라 목격자여서 지금 막 도움을 구하던 참이었습니다."

반장은 영 미심쩍다는 표정으로 나를 내려다본 후 다시 입을 열었다.

"유 팀장. 잘 좀 하자, 잘 좀 해. 이 새끼 못 잡으면 너부터 시작해서 그 위로 줄줄이 다 옷 벗게 생겼다. 지금이 쌍팔년도도 아니고 두 달 사이에 열 명이 죽었는데 단서 하나 못 잡는 게 말이 돼? 응?"

"죄송합니다. 최대한 빨리 해결하겠습니다."

"어휴. 속 터져!"

반장은 혀를 차면서 나갔다. 나는 반장의 뒷모습을 슬쩍 보며 고개를 갸우뚱했다. 분명 이번에도 뭔가 걸리는 게 있었다.

"반장 개새끼."

나지막하게 들리는 욕에 나는 고개를 돌려 유 팀장을 바라봤다. 여전히 아주 평온한 얼굴이었다.

내가 입을 벌리고 바라보자 유 팀장은 나를 향해 슬쩍 웃어 보였다.

"저희 반장님이 좀 무능하거든요."

"아. 네…."

딱히 대답할 말을 찾지 못해 얼버무렸다. 생전 처음 보는 사람

앞에서 상관 흉을 보다니 특이한 경우이기는 했다. 명령과 복종에만 익숙한 나에게는 특히 더 그랬다. 하긴, 내일에서 왔다는 내 말을 덜컥 믿어주는 걸 봐서도 유 팀장은 보통 사람과 분명 다르긴 하다. 경찰이라면 더 의심해야 하는 거 아닌가? 경찰과 건달의 유일한 공통점이 바로 그건데. 일단 상대방을 의심부터 하기.

"그럼 이제 어떡하실 건가요?"

유 팀장이 물었다.

"제가 묻고 싶은 거네요. 전 이제 뭘 하면 됩니까?"

그 질문을 꺼내고 보니 내가 골치 아픈 상황에 놓였다는 게 확와 닿았다. 몇 분만 머물러도 두드러기가 올라올 것만 같은 이 빌어먹을 경찰서에서 나가는 순간, 나는 아무것도 아닌 존재가 된다. 돈은커녕 나를 증명할 수단도 없다. 더 큰 문제는 따로 있다.

원래의 세계로 어떻게 돌아가야 하는가.

"같이 가 볼 수 있을까요?"

"네?"

생각에 빠져 있다가 유 팀장을 올려다봤다.

"거기요. 굴다리. 박진혁 씨가 통과했다는 그곳이요."

"저도 위치를 잘 몰라서…."

"그거야 뭐 우리 애들한테 물어보면 되니까요."

"알겠습니다."

나로서는 마다할 이유가 없었다. 그 굴다리에는 다시 가 보고 싶었다. 원래 있던 곳으로 가는 방법을 찾자면 어쨌든 굴다리에서부터 시작할 수밖에 없으니까.

＊＊＊

"조폭이라고 하셨죠?"

유 팀장은 운전을 하면서 아무렇지도 않게 물었다. 어떤 감정도 담기지 않은 목소리였다. 마치 회사원이냐고 묻는 것처럼. 당황한 쪽은 나였다. 이런 질문은 처음이었으니까. 그것도 강력반 팀장에게 받으리라곤 생각도 못 해 봤다.

"아. 네. 요즘은 회사원처럼 다니고 있긴 한데 조폭은 맞죠."

말하고 나니 괜스레 멋쩍었다.

"걱정하지 마세요. 잡아가진 않을 테니까. 하하."

아마 농담이라고 한 이야기인 것 같은데 듣는 조폭으로서는 등줄기가 서늘했다. 나는 자연스레 받아칠 만한 대답을 찾으려고 머리를 굴렸다.

"만약 조폭이라서 잡아들인다 해도 지금 제 옆자리에 앉아 있는 박진혁 씨를 체포할 일은 없죠."

"그, 그럼?"

"오늘, 그러니까 5월 28일의 박진혁을 체포하겠죠."

"아!"

정말로 그런 소리를 내고 말았다. 머릿속에서 대폭발이라도 일어난 느낌이었다. 온몸에 소름이 돋았다.

5월 28일의 박진혁.

왜 그 생각을 못 했을까?

나는 5월 29일의 박진혁이다. 어머니를 만나고 국도에서 교통사고에 휘말린, 그러다가 대책 없는 오지랖과 객기로 바로 여기 '어제'에 와 버린 재수 없는 삼류 조폭. 5월 29일의 내가 존재한다는 것은 5월 28일의 박진혁 역시 살아있다는 뜻이다. 나는 시간을 확인했다. 동대문 사무실에서 하품하며 인터넷 검색이나 하고 있을 시각이었다. 그렇다면 지금 동대문 사무실로 가면 나를 만나게 되는 건가?

내가 나를 만나면 어떻게 될까?

아무리 생각을 해봐도 든 거 없는 내 머리론 답을 찾을 수가 없었다. 그 사이 유 팀장이 입을 열었다.

"진혁 씨가 미래에서 왔다는 건 알겠어요. 뭐, 내일도 미래는 미래니까. 하지만 이 사건을 해결하는 데 진혁 씨가 큰 역할을 하게 될지 하는 건 솔직히 말해 의문이에요."

"그러면 왜 굳이 저를…."

"두 달 사이에 서대문구에서만 열 명의 여자가 죽었어요. 범인은 하이힐 한 짝을 전리품으로 가져갔고. 언론에서는 맨날 자극적인 기사를 쏟아내고 윗대가리들은 쪼기만 하고… 이런 상황이다 보니 지푸라기라도 잡는 심정인 거죠."

잠깐!

이번에도 걸리는 게 있었다.

뭐지? 어떤 게 계속 걸리는 거지? 옷 속으로 파고든 머리카락처럼 콕콕 찔러대는 이건 도대체 뭐지?

나는 유 팀장이 방금 했던 말을 떠올렸다. 그 속에 답이 있었다.

두 달 사이에… 서대문구… 열 명….

"열 명!"

나도 모르게 소리를 질렀다.

"네? 열 명이 왜요?"

유 팀장이 물었다.

"달라요! 제가 있던 5월 29일 뉴스에서는 분명히 세 번째 피해자라고 했어요."

두 달 사이에 열 명이 살해됐다면 아무리 연예나 스포츠 뉴스만 주야장천 들여다보는 나라고 해도 사건을 모를 리가 없다. 이미 전국적으로 난리가 났을 테니까.

유 팀장은 바로 차를 세웠다. 그러고는 나를 바라봤다.

"확실해요?"

나는 고개를 끄덕였다.

"뭔가가 이상하네요. 박진혁 씨 이야기가 사실이라면 고작 하루 뒤인데 사건의 디테일이 다르다는 거잖아요. 맞다! 그리고 보니 야구 최종 스코어도 달랐네요. 롯데가 이기는 건 맞지만 박진혁 씨가 말했던 점수와는 차이가 있었죠."

"그, 그게 뭘 뜻하는 걸까요?"

나는 감도 오지 않았다.

"박진혁 씨가 있던 29일의 세계와 지금의 28일 세계는 다른 곳이라는 의미죠."

"그럼 제가 단순히 어제로 온 게 아니란 말인가요?"

이번에는 유 팀장이 고개를 끄덕였다.

"젠장."

무슨 말인지 이해하기 힘들었지만 아주 빌어먹을 상황이라는 건 알 수 있었다. 문득, 처음으로 교도소에 수감됐을 때가 떠올랐다. 애송이 시절이었다. 겉으론 여유 있는 척했지만 막상 들어가니 우라지게 무서웠다. 거기는 처음 마주한 세상이었고 나는 낯선 환경에 적응하기가 너무 힘들었다. 그때 몸으로 때우며 배웠던 한 가지 진리가 있다. 상황이 한 번 꼬이면 두 번, 세 번 계속해서 꼬인다는 사실. 바로 지금처럼.

그 사이 굴다리에 도착했다.

"저기죠?"

유 팀장의 말에 고개를 끄덕였다.

우리는 차에서 내려 굴다리로 다가갔다. 아무리 봐도 그냥 평범한 굴다리였다. 여기가 그 동굴과 연결된다는 게 믿기지 않았다. 직접 경험한 내가 이런데 유 팀장은 얼마나 더 의심할까? 그런 마음으로 유 팀장을 힐끔 바라봤다.

"와아. 신기하네요."

유 팀장은 진심으로 감탄한 눈치였다. 논리니 뭐니 따지던 사람이 맞나 싶을 정도로 눈을 반짝이며 굴다리를 바라봤다.

"한번 들어가 볼까요?"

유 팀장이 물었다.

"아까 제가 들어가 봤을 땐 별다른 게…."

내 말이 미처 끝나기도 전에 유 팀장은 굴다리 안으로 들어갔다. 지금껏 내가 만나본 사람 중 가장 제멋대로인 인물이었다.

어쩔 수 없이 나도 뒤를 따랐다. 굴다리 안은 몇 시간 전이나 다를 게 없었다. 어둡고, 습하고, 곰팡내가 났다. 그리 길지도 않아 반대편 입구가 훤히 보였다. 분명 그 동굴과는 달랐다.

유 팀장은 핸드폰을 꺼내 조명을 켜더니 굴다리 바닥을 살펴보기 시작했다.

"뭘 찾으세요?"

"아무거나요. 박진혁 씨도 같이 찾아봐요."

"네."

뭘 찾아야 하는지는 모르지만 어쨌든 나도 허리를 숙인 채 열심히 바닥을 훑었다. 얼마나 그러고 있었을까, 눈이 어둠에 점차 익숙해질 무렵 유 팀장이 소리쳤다.

"찾았다!"

"뭘요?"

재빨리 유 팀장에게 다가갔다. 그는 반짝이는 뭔가를 조심스레 들고 있었다. 그게 무엇인지 나는 단번에 알아봤다.

과도였다.

"워낙 작은 데다가 완전 구석에 떨어져 있어 빛이 없었다면 찾기 어려웠을 거예요."

유 팀장이 말했다.

"아까 제가 했던 말 기억하시죠? 그놈이 과도 한 자루로 경찰들 다 작살내고 도망쳤다는 거. 지금 들고 계신 게 바로 그거예요!"

과도는 실제로 보니 내 손바닥 안에 쏙 들어올 만큼 작았다. 이걸 가지고 배가 아닌 사람을 공격하고 치명상을 입혔다는 게 믿기지 않을 정도였다.

"그런데 이 자는 왜 자기 무기를 버리고 도망쳤을까요?"

유 팀장은 고개를 갸우뚱하며 과도를 바라봤다.

"그놈 몰골이 말이 아니었거든요. 저보다 훨씬 심했죠. 그런 상태에서 칼까지 들고 있다가 혹시 경찰과 마주친다면 골치 아픈 일이 생길지도 모르니 아예 버려둔 것 같은데요."

아마 내가 놈이라도 똑같이 했으리라.

"음. 일리가 있네요. 그러면 놈은 어디로 갔을까요?"

유 팀장이 물었지만 나는 짐작도 가지 않았다. 놈은 나와 달리 시간을 거슬러 어제로 오는 일에 익숙할 것이다. 그렇다면 뭔가 대비를 했을 텐데….

"전 우선 옷을 사서 갈아입으려고 했어요. 그래야 사람들 눈에 덜 띄니까."

내 말에 유 팀장은 고개를 크게 끄덕였다.

"놈도 비슷한 과정을 겪어야 했을 거예요. 우선 주변 CCTV부터 살펴봐야겠네요."

"팀장님. 그런데 전 경찰도 아닌데 이렇게 데리고 다니는 이유가 뭡니까? 전 별로 하는 것도 없고…."

나는 속에 있던 말을 꺼냈다. 더불어 유 팀장은 왜 그 흔한 파트너나 부하 직원 없이 다니는 건지도 궁금했다.

"일단 나갈까요? 이 굴다리를 통해서 다시 진혁 씨가 있던 곳으로 갈 수는 없다는 걸 확인했으니."

유 팀장은 즉답을 피한 뒤 먼저 굴다리를 빠져나갔다. 나도 그 뒤를 따랐다. 밖으로 나오자 5월의 강렬한 햇빛이 기다렸다는 듯 달려들었다. 지금의 날씨로 보자면 내일 퍼부을 집중호우는 아무도 예상하지 못하리라.

그런데 내일 비가 내리기는 할까?

문득 그런 의문이 들었다. 차를 타고 오면서 유 팀장과 이야기를 나눴을 때도 내가 있던 5월 29일과 지금의 5월 28일이 조금씩 어긋나 있다는 말을 하지 않았던가. 그렇다면 세부적인 사항이 달라지는 현상은 왜 일어난 걸까?

내가 한참 고민에 빠져 있을 때 유 팀장이 입을 열었다.

"진혁 씨가 처음이 아니에요."

"네?"

무슨 뜻인지 몰라 되물었다.

"내일에서 어제로 온 사람, 진혁 씨가 처음이 아니라고요."

유 팀장은 한 글자씩 또박또박 말했다. 마치 어린아이에게 설명하는 것처럼.

커다란 궁금증과 의혹이 심장을 뛰게 만들었다. 문제는 산속에서 내 온몸을 할퀴고 지나갔던 그 통증이 뛰는 심장을 비웃기라도 하듯 몰려오기 시작했다는 사실이었다.

"윽!"

나도 모르게 신음이 새어 나왔다.

"왜 그러세요?"

유 팀장의 목소리가 들렸지만 제대로 반응할 수 없었다. 몸 안의 모든 장기가 뒤틀리는 느낌이었다. 다리가 후들거렸다. 상체를 들 수가 없었다.

"아아!"

나는 결국 견디지 못하고 바닥에 주저앉았다. 통증이 초 단위로 심해졌다.

"구급차 부를게요!"

유 팀장의 목소리가 저 멀리, 아득히 떨어진 곳에서 들리는 것 같다고 생각하며 나는 정신을 잃었다.

***

사람들은 자기의 삶이 웰메이드 영화이기를 꿈꾸지만 대개는 그냥 B급 호러나 액션, 그도 아니면 화장실 유머로 가득 찬 싸구려 코미디에 머무른다. 굳이 따져보자면 내 인생은 건달이 등장하는 삼류 신파극에 가까울 것이다. 사랑하는 사람을 잃고 급격히 무너지는 보잘것없는 깡패의 삶을 보고 싶어 하는 관객은 거의 없다. 더군다나 나처럼 어중간하게 생긴 주인공이 등장하는 영화라면 더….

내가 담당했던 룸살롱은 몇 개 조직의 경계를 아슬아슬하게 빗겨 난 위치에 있었다. 목이 좋아 매출이 잘 나왔고, 그만큼 룸살롱을 노리는 이들도 많았다. 그런 놈들 중 진짜로 시비를 거는 바보는 거의 없었다. 감히 면도칼이 관리하는 업장을 노린다니, 당시에는 상상도 할 수 없는 일이었다.

예상은 언제나 빗나간다. 대부분 조폭이 사업이라는 개념을 끌어와 현대적이고 체계적으로 나쁜 짓을 일삼는 중에도 여전히 연장을 휘두르는 재미로 살아가는 무식한 놈들도 있었다. 우리와 치열하게 구역 다툼을 했던 '전국파'가 그런 경우였다. 놈들은 말이 통하지 않는 금수나 다름없었다. 핸드폰 하나로도 누구나 스마트하게 살아갈 수 있는 세상에서 놈들은 모든 걸 폭력으로 해결하려 했다.

그런 탓에 룸살롱을 둘러싼 다툼은 늘 누구 하나 머리가 깨지거나 팔다리가 부러져야 끝나는 경우가 많았다. 그렇다고 고릿적 조폭처럼 수십 명이 패싸움을 벌이지는 않았다. 그랬다가는 경찰이 가만있지 않을 테니까. 전국파 놈들도 그 정도 지능은 있었다.

그날, 나는 사우나에 있었다. 저녁 무렵이었다. 사우나만 하고 편의점에 갈 생각이었다. 그때쯤에는 서희와 내가 그렇고 그런 사이라는 소문이 룸살롱 일대는 물론이고 조직 안에서도 쫙 퍼졌다. 나는 진지하게 서희와의 미래를 고민했다. 태어나서 누군가와 같이 살고 싶다는 생각을 한 건 그때가 처음이자 마지막이었다.

나는 서희를 생각하며 바보처럼 혼자 실실 웃었다. 동생 한 놈이 옷을 다 입은 채로 뛰어 들어오기 전까지는.

"큰일 났습니다! 형수님 편의점에 이상한 놈이 들어가서는…."

"전국파야?"

"모르겠습니다. 우리 애들 몇 명도 당했습니다. 칼을 쓰는 놈인데…."

나는 옷을 대충 입고 밖으로 달려 나갔다. 사우나에서 편의점까지는 쉬지 않고 달리면 10분 만에 도착하는 거리였다. 그 10분이 마치 1시간처럼 느껴졌다. 한 가닥 희망을 품은 채로 나는 미친 듯이 달렸다. 취한 놈이 난동을 부리는 걸 거야. 서희는 현명하니까 잘 구슬려서 내보냈을 거야. 산전수전 다 겪은 서희가 큰일을 당하진 않았을 거야.

편의점에 도착했을 때 제일 먼저 눈에 들어온 것은 안절부절못하며 밖에 나와 있는 룸살롱 바지 사장이었다.

사장은 나를 보자마자 한달음에 달려와 울상을 지었다.

"들어가지 마세요. 경찰 불렀으니까 제발 들어가지 마세요!"

사장의 떨리는 목소리 속에서 불길함을 느꼈다.

"비켜, 새끼야!"

나는 뒤도 돌아보지 않고 편의점으로 달려 들어갔다. 바닥에 흥건하게 고인 핏물이 눈에 들어왔다. 그 피가 흘러나오는 곳을 따라 고개를 돌리니 거기에 서희가 쓰러져 있었다.

"빨리 119 불러!"

아마 나는 그렇게 소리쳤을 것이다. 정신이 없었다. 그럼에도 서희가 이미 죽었다는 사실은 알고 있었다. 다만 인정하기가 싫었을 뿐이었다.

서희의 복부와 목에는 예리한 칼자국이 남아 있었다. 순순히 당하고만 있지는 않았는지 서희는 한 손에 맥주병을 쥐고 있었다. 병이 반쯤 깨진 거로 봐서 범인 역시 머리나 얼굴 쪽에 상처를 입은 모양이었다.

나는 입술을 깨물며 치밀어 오르는 슬픔을 간신히 참았다. 이미 싸늘하게 변해버린 서희 앞에서 할 수 있는 게 하나도 없었다.

"우리 애들 중 하나가 담배 사려고 편의점에 갔는데 어떤 놈이 머리에 피를 흘리면서 나오더랍니다. 손에는 피 묻은 칼을 들고. 퍼뜩 이상하다고 생각해서 안쪽을 보니 형수님이 쓰러져 계셨고…. 놈을 잡으려던 걔 역시 배에 칼을 맞았고 그걸 보고 달려든 다른 두 명도 손과 얼굴에 칼을 맞고는 지금 다 병원에 갔습니다. 그런데 형수님은…."

사장은 말을 잇지 못했다.

"지금부터 이 일대를 이 잡듯 뒤진다. 대가리에 상처가 있거나 거동이 수상한 놈 있으면 다 끌고 와!"

나는 똘마니들에게 명령하고는 서희 옆에 앉았다. 어떤 말을 하고 어떤 행동을 해야 할지 알 수가 없었다. 분노도 슬픔도 모조리 희석되어 오히려 아무런 감정도 느낄 수 없었다. 도무지 현실 같지 않았다. 지독한 악몽이 아닐까, 생각하는 한편 머릿속 어딘 가에서는 내가 무너져 내리고 있다는 사실을 똑똑히 인지하고 있었다.

경찰과 119가 도착했고, 범인은 잡히지 않았으며, 나는….

***

눈을 뜨자 낯선 병실이었다. 나는 침대에서 일어나 앉았다. 통증은 없었다. 다만 폐에서 자라고 있는 그 빌어먹을 존재를 똑똑히 느낄 수 있었다. 석 달? 어쩌면 그보다 훨씬 빨리 죽을 수도 있겠다 싶었다.

나는 링거 주사를 빼고 아예 침대를 벗어났다. 지금 상황에서 느긋하게 누워 있을 수는 없다. 해결해야 하는 일이 산더미다.

환자복을 벗고 서랍장에서 찾아낸 내 옷을 입는 동안 병실 안의 TV에서는 속보가 흘러나왔다.

"서대문구 연쇄살인 사건의 또 다른 피해자가 나왔습니다. 공식적으로 알려진 것만 해도 벌써 열한 번째인데, 피해자는 24세의 한 모 씨로 오늘 오후…."

놈이다!

도망치듯 28일로 왔다가 본능을 이기지 못해 다시 살인을 저질렀다. 그러고는 29일로 돌아갔을지도 모른다.

내 가설이 얼마나 맞는지는 모르겠지만 놈이 내일로 갈 수 있는 통로를 안다는 건 분명해 보였다. 거기가 어딘지 찾아야 했지만 놈의 은신처도 모르는 지금 그건 불가능한 일에 가까웠다.

내가 바지까지 다 입었을 때 커튼을 걷으며 유 팀장이 쑥 들어왔다.

"내 이럴 줄 알았지. 그 몸으로 어딜 간다는 거예요?"

"어디까지 알고 계세요?"

"의사한테 대충 들었어요. 폐암이라는 거. 정확한 건 검사를 더 해봐야 안다던데."

"정확한 결과는 제가 알고 있습니다. 그래서 더 쉬고 있을 수가 없어요. 이제 제게는 놈을 잡는 것보다 어떻게 하면 원래 있던 곳으로 돌아가느냐가 더 중요한 문제가 됐습니다."

"이제 몇 시간만 지나면 진혁 씨가 왔던 29일이 됩니다. 어떻게 생각하세요? 그 국도에서 사고가 일어날까요? 그리고 우리가 쫓는 그 살인마가 사고 현장에 있을까요?"

유 팀장이 물었다.

"아니요. 아닙니다. 이제 확실히 알겠어요. 비슷한 구석이 많지만 29일과 28일은 분명 다른 세계예요. 방금 열한 번째 피해자가 나왔다는 뉴스 봤습니다. 희생자 수가 다른 것만으로도 두 세계가 이어지지 않았다는 걸 알 수 있어요."

"사실 그 사건 때문에 저도 현장에 가야 해요. 그 전에 혹시나 해서 들러본 거고. 이거 한 번만 봐주시겠어요?"

유 팀장은 그렇게 말하며 태블릿을 내밀었다. 화면에는 화질이 그다지 좋지 않은 영상이 떠 있었다.

"이게 뭔가요?"

"굴다리 맞은편에 편의점 하나 있죠? 거기에 외부 CCTV가 달려 있어서 그 영상을 따왔어요. 영상을 잘 보세요. 그놈이라 생각되는 사람이 찍혔거든요."

나는 침대에 걸터앉아 화면이 재생되는 걸 뚫어지게 바라봤다. CCTV는 굴다리 바로 앞을 비추고 있었다. 처음 얼마간은 간간이 지나가는 차만 보였다. 그러다가 어느 순간 굴다리 안에서 누군가가 걸어 나왔다.

검은색 바람막이 점퍼를 입은 남자였다. 체구가 작았다. 무엇보다 진흙에서 잔뜩 구른 듯한 후줄근한 모습이 좋지 않은 화질로도 똑똑히 보였다.

"이놈 맞습니다! 분명해요."

내 말에 유 팀장은 고개를 끄덕였다.

놈은 굴다리 앞에서 잠시 주위를 살피더니 길을 건너 화면 밖으로 사라졌다. 거침없는 발걸음으로.

나는 유 팀장에게 태블릿을 돌려줬다.

"CCTV에 찍히는 걸 보니 적어도 귀신같은 건 아니네요."

"그럼요. 제가 쥐어패기도 했으니."

"전 가봐야 할 것 같은데 진혁 씨는 정말 이대로 퇴원할 건가요? 어디 갈 데도 없잖아요."

유 팀장이 물었다.

"저는 제 방법으로 살인마 놈을 쫓겠습니다. 놈에게서 내일로 돌아갈 방법을 알아내야 하니까. 이곳에서 집도 절도 없이 떠도는 대신 편안하게 제 집에서 죽고 싶거든요."

"음. 그렇다면 돌아가시는 게 맞겠네요. 대신 여기 있는 동안엔 서로 협조를 합시다."

유 팀장은 그 말을 하면서 핸드폰 하나를 꺼내 내밀었다.

"뭡니까?"

"합법적으로 사용할 수 있는 거예요. 혹시라도 정보를 얻게 되면 저랑 공유하자는 의미로 드리는 거예요. 진혁 씨도 필요할 거잖아요."

맞는 말이었다. 핸드폰 없이는 길을 찾기도 쉽지 않은 세상이니

가지고 있는 게 여러모로 좋을 것이다. 하지만….

"아무것도 없죠?"

나는 유 팀장에게 물었다.

"깨끗해요. 도청은 물론이고 위치 추적 장치 같은 것도 없어요."

"그러면 고맙게 쓰겠습니다."

나는 핸드폰을 주머니에 넣었다. 그것으로 끝이 아니었다. 유 팀장은 가방에서 또 무언가를 주섬주섬 꺼내기 시작했다. 그가 내민 것은 제법 두툼한 현금다발이었다.

"어쩔 수 없이 필요할 테니 일단은 이걸 쓰세요."

유 팀장을 가만히 바라봤다. 그의 표정에서는 아무것도 읽어낼 수가 없었다. 이 세상에는 조건 없는 호의란 존재하지 않는다. 하물며 우리는 오늘 처음 만났고 관계 역시 범죄자와 경찰이다. 그럼에도 유 팀장은 처음부터 내게 호의적이었다. 이유가 뭘까?

"이 돈, 진혁 씨가 준 그놈 지갑에서 꺼낸 거예요. 그러니 걱정하지 않고 써도 돼요."

"잠깐. 증거물인데 저를 준다고요? 저한테 이렇게까지 신경 써 주는 이유가 뭡니까? 전 더 도와드릴 것도 없습니다."

유 팀장은 눈을 동그랗게 뜨고는 나를 바라봤다. 그러고는 이내 슬쩍 웃었다.

"뭔가 착각하고 계신 것 같은데 전 손해 보는 장사 절대 안 해요. 투자하면 그 이상으로 벌어들여야죠."

"전 조직에서도 밀려난 삼류 건달일 뿐입니다. 특별한 게 없어요."

"시간여행을 했잖아요. 그것보다 특별한 게 있을까요?"

나는 아무 말도 할 수 없었다. 빌어먹을 만화에나 나올 법한 일을 겪은 건 사실이니까. 그래도 단순히 그걸 가지고 유 팀장이 뭘 노리는지는 짐작도 할 수 없었다.

"자, 빨리 받아요. 서울 어디든 걸어 다닐 거라면 필요 없겠지만."

나는 돈을 받았다. 걸어 다닐 생각은 없었으니까. 찜찜하기는 했지만 지금은 이게 최선 같았다.

유 팀장은 다시 미소를 지어 보이고는 말없이 돌아섰다. 나는 그런 유 팀장을 불러 세웠다.

"저기요."

"네?"

"누굽니까? 그 사람. 아까 굴다리에서 말했잖아요. 제가 처음이 아니라고. 내일에서 어제로 온 사람."

유 팀장은 잠시 생각하다가 이내 입을 열었다.

"비밀이에요. 당분간은."

유 팀장은 그 말을 남기고 병실을 나갔다.

나는 한 손에 돈다발을 든 채 멍하니 서 있었다. 생각할수록 특이한 사람이었다. 어떻게 강력계 팀장이 됐는지도 사실 의문이었다. 적어도 내가 보기에는 한없이 부드럽고 너무 친절했다. 형사에게 늘 쌍욕만 들어오던 나로서는 적응하기가 쉽지 않았다.

***

유 팀장이 준 돈 덕분에 무사히 퇴원하고 목적지까지 택시를 탈 수 있었다. 택시에서 내린 나는 길 건너편에 서서 빌딩을 바라봤다. 빌딩에는 '신당무역'이라는 간판이 걸려 있었다. 빌딩 전체가 조직의 소유이기는 한데 대부분 세를 주고 우리는 4층만 사용했다. 4층 사무실에는 불이 켜져 있었다.

이제 막 6시를 향해서 가고 있으니 일반 회사라면 퇴근할 때쯤이다. 물론 출퇴근이라는 개념은 신당무역에 해당하지 않는다.

간판만 저렇게 달고 있을 뿐 실제로 하는 건 구역 관리이니까. 똘마니 중에서도 제일 막내들은 아예 사무실에서 잠을 잔다. 혹 다른 조직에서 기습이라도 할까 봐. 아마 간부들은 거의 다 퇴근 아닌 퇴근을 했을 거다. 여전히 면도칼로 불리던 시절의 나도 그랬으니까.

내가 굳이 이곳을 찾아온 이유는 곽명수의 도움을 받기 위해서였다. 그 녀석은 내가 쓸모없는 인간이 되기 전까지 데리고 다니던 부하이자 조폭으로서는 드물게 4년제 대학을 나온 특이한 놈이었다. 똑똑하고 눈치 빠르고, 머리가 잘 돌아가고 충성심도 강해 내가 꽤 아꼈다. 지금의 나를 도와줄 수 있는 건 아무리 생각해도 명수밖에 없었다. 게다가 녀석은 입도 무거웠다.

문제는 녀석을 어떻게 만나느냐였다. 아무리 머리를 굴려봐도 녀석의 핸드폰 번호가 기억나지 않았다. 그렇다고 무턱대고 사무실에 들어갈 수도 없었다. 지금이면 아직 동대문 쪽에 있어야 하는데 이런 차림으로 사무실에 갔다가는 박진혁이 드디어 맛이 갔다는 소리를 들을 게 뻔했다.

내가 기억하기로는 6시가 넘으면 녀석은 꼭 한 번 밖으로 나와 편의점에서 먹을거리를 잔뜩 사 갔다. 그 경우에 모든 것을 걸 수밖에 없었다. 나는 편의점으로 가려고 4차선 건널목을 건넜다.

그때였다.

검은 정장 차려입은 애들이 빌딩 앞으로 우르르 내려왔다.

보스가 어디 가나?

그런 생각을 하게 될 정도로 많은 인원이었다. 나는 재빨리 건널목을 지나 전봇대 옆에 붙어 서서 상황을 살폈다.

뒤이어 검은색 고급 세단이 등장했다. 역시 보스가 움직이는가 보다 생각하며 나는 곁눈질로 상황을 살폈다.

"구두 좀 제대로 안 닦아 놓을래? 광이 안 나잖아, 광이!"

쩌렁쩌렁 울리는 목소리에 나도 모르게 고개를 쑥 내밀고 바라봤다. 심장이 뛰었다. 너무나도 익숙한 목소리였다. 부하들은 잔뜩 긴장한 자세로 꼿꼿하게 서 있었다. 잠시 후 목소리의 주인공이 모습을 드러냈다.

"아…."

알 수 없는 감정들이 뒤섞여 그런 말이 새어 나오고 말았다.

모습을 드러낸 이는 나였다. 신당동 면도칼 박진혁.

멀리서 봐도 고급스러움이 묻어 나는 양복에 혈색 좋은 얼굴, 날카로운 눈매까지, 지금 내 모습과 닮았다고 말하긴 어렵지만 분명히 나였다. 잘나가던 시절의 면도칼.

내가 세단 뒷좌석에 오르자 부하들이 큰 소리로 일제히 인사를 했다.

"다녀오십시오. 이사님!"

이사?

이 세계에서 나는 이사란 말인가? 동대문 사무실에 처박혀 밥만 축내는 버러지가 아니고 여전히 조직의 한 축을 담당하는 존재. 그러고 보니 처음에 만난 형사들이 나를 두고 조직의 중간 보스라고 했던 게 떠올랐다. 나는 그저 상투적인 표현이라 생각했건만 그게 아니었다.

5월 28일의 박진혁은 여전히 한자리를 꿰차고 있는 어엿한 인물이었다.

두 세상이 조금씩 다르다는 건 알고 있었지만 이번에는 충격이 컸다.

또 다른 나에게 질투심을 느낄 정도였다.

정체를 알 수 없는 복잡한 감정이 머릿속에서 맴을 도는 사이 동글동글한 얼굴에 조폭치고는 지나치게 인상 좋은 녀석이 편의점 쪽으로 다가왔다. 곽명수였다. 상황이 복잡해질지언정 나는 녀석의 도움을 받아야 했다.

나는 심호흡을 한 뒤 최대한 부드럽게 녀석의 이름을 부르며 모습을 드러냈다.

"명수야."

편의점으로 막 들어가려던 녀석이 고개를 돌려 나를 바라봤다. 그러고는 그 자리에서 굳어 버렸다. 흔들리는 동공에 명수의 현재 심정이 모두 담겨 있었다. 한참 시간이 지난 후 명수는 입을 열었다.

"이, 이사님?"

명수 목소리가 가늘게 떨렸다.

"그냥 형님이라고 불러."

내가 말했다.

"형님. 아, 아니 이사님. 옷이 그게 뭡니까? 그리고 방금 차 타고 떠나셨는데…."

명수는 당황한 표정이었다. 하긴 나도 그랬으리라.

"명수야. 잘 들어. 난 박진혁이야. 그건 알겠지?"

"그, 그럼 방금 차 타고 가신 이사님은…."

"그것도 박진혁이야."

명수의 울대가 크게 움직였다. 아마 마른침을 삼킨 모양이었다.

"무슨 말씀인지 잘 모르겠습니다. 쌍둥이 같은 건가요? 아니면 이게 꿈인 거죠? 그렇죠?"

명수는 꿈이었으면 좋겠다는 바람을 담아 주위를 둘러봤다. 자기 볼을 꼬집어 보기도 했다. 그러더니 고개를 갸웃거렸다.

"혹시 시간 있어? 내가 설명해 줄 테니까 잠깐 조용한 곳으로 가자."

내 말에 명수는 고민하다가 이내 고개를 끄덕였다.

"이사님, 아니 형님이 그렇게 말씀하시니까…."

명수는 편의점 계단에서 내려와 주뼛거리며 내 앞에 섰다.

"명수야."

"네, 네!"

"미리 말하는데 너무 놀라면 안 돼. 알겠지?"

이미 상당히 놀란 것 같은 명수는 우물쭈물하다가 들릴락 말락 조용히 "네"라고 대답했다. 나는 앞장서서 걸었다. 5월 28일은 아직 몇 시간 더 남았다. 정말로 지긋지긋한 하루였다.

내 아이스 아메리카노는 비었지만 명수가 시킨 레모네이드는 거의 그대로였다. 명수는 음료수 한 모금 제대로 마시지 못할 정도로 내 이야기에 몰입했다. 이윽고 내 이야기가 끝나자 녀석은 천장을 올려다보며 한 마디를 중얼거렸다.

"완전 영화네, 영화야."

"지금까지 내가 한 말 믿을 수 있겠어?"

내가 물었다.

명수는 나를 뚫어지게 바라봤다. 아주 진지한 표정으로. 내 이목구비를 하나씩 뜯어보는 것 같기도 했다.

"형님."

한참 만에 명수가 입을 열었다.

"그래."

"제가 형님 존경하고 형님 말씀은 늘 믿는 거 아시죠?"

나는 고개를 끄덕였다.

"그러면 딱 하나만 여쭤보겠습니다. 제가 제일 좋아하고 노래방에 가면 꼭 부르는 노래가 있는데 뭔지 기억하십니까?"

기억하다마다. 나 역시 좋아하는 노래니까.

"당연하지. 질풍가도잖아. 만화 주제가."

명수는 멍하니 입을 벌리고 있다가 갑자기 레모네이드를 벌컥벌컥 마셨다. 그러고는 빈 잔을 테이블 위에 세게 내려놓았다.

"형님! 진짜 형님 맞네요!"

그렇게 말하는 명수의 눈에는 눈물이 그렁그렁 맺혀 있었다. 역시 녀석은 조폭과는 맞지 않는다. 건달은 피도 눈물도 없어야 하거늘.

"내가 있던 세상과 지금 세상이 다르기는 해도 나 역시 박진혁이라는 건 틀림이 없어."

"그런 걸 평행우주라고 하거든요. 셀 수 없을 만큼 다양한 세계가 각각 독립적으로 존재한다는 거죠. 근데 형님 말씀대로라면 29일과 지금 28일의 세계는 느슨하게나마 연결이 되어 있는 것 같아요."

"어려운 말들 싹 빼고 나면, 차이점이 있긴 해도 어쨌든 지금 벌어지는 일이 내일에도 어느 정도 영향을 미친다는 거잖아. 맞지?"

"네."

"그럼, 여기서 그 살인마를 잡으면 내가 온 세계에도 더는 살인 사건이 벌어지지 않는 거고."

"형님이 설명해 주신 말에 따르면 그렇게 됩니다."

"좋아. 그러면 여기서 놈을 잡아서 죽지 않을 정도로만 팬 뒤에 경찰에 넘겨야겠어. 물론 내가 살던 세상으로 가는 방법을 알아낸 뒤에."

놈은 어떻게 시간을 넘나드는 곳을 알게 됐을까?

문득 그런 의문이 들었지만 그건 나중에 놈에게 직접 들어도 될 일이었다. 잡아서 묶어 놓기만 해도 대부분 인간은 없던 이야기까지 만들어 술술 비밀을 털어놓는다.

"혹시 무슨 계획이라도 있습니까? 아니면 제가 도울 일이라도…."

명수가 조심스레 물었다.

"있지. 아직 경찰에게도 말하지 않은 비장의 카드가. 그래서 널 찾아온 거고."

나는 그렇게 말한 뒤 명수 손에서 핸드폰을 빼냈다. 명수는 잠자코 내 행동을 지켜봤다. 핸드폰 메모 앱에 한글과 숫자를 적어넣은 후 나는 다시 핸드폰을 돌려줬다.

"이게 뭡니까?"

"그놈이 타고 다니는 SUV 차량 번호야. 29일에 사고가 났을 때 번호판을 보고 급하게 외운 건데, 그 난리를 겪으면서도 용케 기억에 남아 있었지."

경찰도 그렇겠지만 나 역시 경찰을 믿지 않는다. 그러니 가장 중요한 패는 숨길 수밖에. 나는 경찰이 개입하지 않는 상황에서 놈과 1대1로 대화를 나누고 싶었다.

"제가 이 번호판을 단 차에 대해 알아봐 드리면 되겠네요."

명수는 역시 눈치가 빨랐다.

"두 개의 세계가 조금씩 다르니까 아마 다른 사람이 주인일 수도 있을 거야. 그래도 29일에는 분명 그놈이 운전하고 있었어. 만에 하나라도 놈을 찾을 가능성이 있다면 뭐든 다 해 봐야지."

"알겠습니다. 제가 빨리 찾아보고 연락드리겠습니다."

나와 명수는 서로 연락처를 주고받았다.

"그럼 일어나 보자. 너도 너무 늦게 들어가면 눈치 보일 테니."

"네. 형님."

둘 다 일어났을 때 문득 한 가지 질문이 떠올랐다.

"그런데 이 세계의 나는 어째서 계속 잘 나가는 거지? 2년 전 사건에 영향을 안 받은 건가?"

"형님은 늘 그대로셨는데요. 신당동 면도칼. 서열 2위 자리도 건재하고. 그런데 2년 전 사건이라는 게 뭔가요?"

명수는 그 큰 눈으로 나를 바라봤다. 정말 아무것도 모르는 표정이었다.

"2년 전에 내가 좋아했던 편의점 사장 있었잖아. 최서희라고. 너희들이 형수님이라고 부를 정도였는데 어떤 미친 새끼가 서희를 죽이고 튀었잖아. 그 후로 비슷한 사건이 몇 건 더 있어서 연쇄살인이라고 떠들썩했고."

명수는 고개를 갸웃거리고 있었다. 순간, 이것 역시 달라진 사건 중 하나라는 사실을 깨달았다. 그렇다면….

"형님이 말씀하신 그런 사건 자체가 아예 없었어요."

명수의 말을 들으니 한 가지 가능성이 번쩍하며 머릿속을 스쳐 지나갔다.

"명수야. 나 먼저 가 볼 테니까 꼭 연락해!"

나는 그 말만 하고 서둘러 밖으로 나갔다. 뒤에서 명수가 뭐라고 한 것 같았지만 귀에 들어오지도 않았다.

"택시!"

나는 도로로 나오자마자 택시를 잡고는 목적지를 이야기했다. 택시가 동대문으로 향하는 도중에 핸드폰이 울렸다. 아무래도 내게 핸드폰을 주기 전에 저장해 둔 듯 액정 화면에 '유인하'라는 이름이 떴다.

"여보세요?"

나는 전화를 받았다.

"혹시 더 알아낸 게 있나요?"

유 팀장은 다짜고짜 물었다.

"아니요. 그쪽은요?"

"이번 피해자는 굉장히 여러 번 찔렸어요. 원래 놈은 단칼에 죽이는 게 특징이었거든요. 뭐라고 할까, 화풀이를 한 느낌이 강해요. 게다가 하이힐도 사라지지 않았어요."

"알겠습니다. 저도 뭔가를 알게 되면 바로 연락드리겠습니다. 지금은 좀 중요한 일이 있어서 일단 끊겠습니다."

나는 유 팀장의 대답도 듣지 않고 전화를 끊었다. 택시가 어느새 룸살롱 앞에 도착했기 때문이었다. 택시비를 주고 내리자 그야말로 오랜만에 보는 네온사인 간판이 눈에 들어왔다.

'낭만 속으로'

2년 만인데도 마치 어제 본 것처럼 모든 것이 낯익고 생생했다. 나는 룸살롱 앞에 서서 천천히 고개를 돌렸다. 거기에 거짓말처럼 편의점이 서 있었다. 편의점 브랜드가 달라진 것을 빼면 외관은 전혀 변한 게 없었다.

그 사건 이후 편의점은 사람 죽은 곳이란 소문이 나면서 자연스레 폐업했고 그 자리에 화장품 전문점이 들어왔다. 나는 룸살롱 발길도 끊었다. 밤에는 거의 취해 있었고 낮에는 잠만 잤다. 내 생각보다 훨씬 더 빠르게 일상이 무너져 내렸다.

나는 어쩔 줄 몰라 룸살롱 앞에서 얼마간 서성이다가 조심스레 편의점으로 향했다. 이런저런 포스터가 붙은 탓에 안에서 누가 일하는지는 보이지 않았다. 문을 열고 들어가자 '딸랑' 하는 소리가 났다.

"어서 오세요."

경쾌하게 들려온 목소리를 따라 고개를 돌렸다.

거기에 있었다.

서희가, 계산대에 서 있었다.

순간 눈두덩이 뜨거워졌다. 나는 재빨리 돌아서서 음료 냉장고 쪽으로 걸어가 이온음료 하나를 골랐다. 서희가 즐겨 마시는 음료수였다.

"어머. 이거 진짜 맛있는데. 그렇죠?"

서희는 그렇게 말하며 바코드를 찍었다. 나는 그 모습을 멍하니 바라봤다. 할 말이 너무 많아 아무런 말도 할 수 없었다. 입을 다문 채로 계산을 하고 밖으로 나왔다. 몇 걸음 걷지도 않았는데 다시 딸랑 소리가 나더니 서희가 나를 불렀다.

"손님. 음료수는 들고 가셔야죠."

"아! 네."

허둥지둥 음료수를 받아 들었고, 서희는 웃으며 고개를 꾸벅 숙이더니 편의점 안으로 들어갔다. 그 짧은 순간에 나는 이름표를 확인했다.

최서희.

그리운 이름 석 자가 거기에 적혀 있었다.

경계선

    나를 향해 아예 등을 돌린 줄 알았던 인생이 작은 기적을 선물해 줬다. 서희를 다시 본 것이 내게는 기적 같은 일이었다. 2년 만이었다. 그것도 영원히 보지 못하리라 생각했던 사람을 다시 만났다. 북받쳐 오르는 감정을 누르지 못해 하마터면 서희를 부르며 다가갈 뻔했다. 나는 얇디얇은 이성의 끈을 동원해 간신히 참아냈다.

    내가 서희의 인생에 끼어들면 나쁜 일이 생길 것만 같았다. 어제의 세계에 서희가 살아서 존재한다는 사실만으로, 그리고 내가 잠시나마 서희를 볼 수 있었던 것만으로도 나는 충분히 기쁘고 행복했다.

나는 네온사인이 번쩍이는 동대문 거리로 나왔다. 동대문의 밤은 이제부터 시작이었다. 그리고 나는 몇 시간 후면 이쪽 세계에서의 5월 29일을 맞이한다. 같지만 미묘하게 다른 두 세계의 경계에서 나는 어떻게 해야 할지 갈피를 잡을 수 없었다. 그나마 한 가지 위안거리가 있다면 내가 금방 죽는다는 사실이었다. 어떤 운명이 기다리고 있는지는 몰라도 죽음보다 확실하지는 않을 것이다.

저녁을 먹으려고 중국집에 들어갔다. 입맛은 하나도 없었지만 한 끼도 안 먹은 탓에 허기가 졌다. 짜장면을 시켜놓고 기다리는데 마침 TV에서 뉴스가 흘러나왔다. 오늘 벌어진 연쇄살인 사건이 메인이었다.

"…한편 경찰은 이 잔혹한 연쇄살인범의 주요 용의자로 다음의 인물을 공개 수배했습니다."

아나운서 옆으로 사진 한 장이 떴다.

나는 물을 마시던 그 자세 그대로 얼어붙었다.

"보고 계신 인물은 조직 폭력배인 신당파의 2인자로 이름은 박진혁, 나이는 30대 후반입니다. 경찰은 사건 현장에서 찾아낸 DNA를 바탕으로 이 인물을 특정했습니다. 이 인물에 대해 아시거나 목격하신 분은 다음의 번호로 제보해 주시기를 바랍니다. 번호는…."

"짜장면 나왔습니다."

종업원이 내 앞에 짜장면 그릇을 내려놓았다.

"아! 네."

나는 TV에서 눈을 떼고 슬그머니 고개를 숙였다. 나를 내려다보는 종업원의 시선이 느껴졌다.

"필요한 거 있으면 말씀하세요."

종업원은 그 말을 남기고 TV 앞으로 걸어갔다.

젠장! 도대체 뭐야?

당황스러웠다. 사진은 분명히 이 세계의 박진혁이지만 그게 바로 나라는 사실은 변하지 않는 진실이었다. 지금의 내가 훨씬 꾀죄죄하지만 눈썰미 좋은 사람은 사진 속 인물이 나라는 걸 대번에 알아볼 것이다.

나는 짜장면을 몇 젓가락 먹은 뒤 일어섰다. 입 안이 썼다. 짜장면도 썼다. 억지로 다 먹었다가는 체할 것 같았다.

"많이 남기셨네. 맛이 없었나…."

주인은 못내 섭섭하다는 투로 말했다.

경계선

"아닙니다. 제가 몸이 좀 안 좋아서 입맛이 없어 그랬습니다."

나는 서둘러 계산하고 밖으로 나갔다. 주인의 눈빛이 계속 신경 쓰였다. 설마 날 알아본 걸까? 고개를 푹 숙이고 걸었다. 모든 사람이 나만 보는 것 같았다. 제일 먼저 보이는 편의점으로 들어가 마스크를 샀다. 그걸 쓰니 그나마 안심이 됐다. 다음으로 해야 할 건 숙소를 잡아 틀어박혀 있는 것이다.

동대문 뒷길로 접어들어 제일 먼저 보이는 모텔로 들어갔다. 다행히 무인텔이라 사람과 마주칠 일은 없었다. 남은 방은 하나뿐이었다. 413호. 썩 마음에 드는 숫자는 아니었지만 어쩔 수 없었다.

413호에 들어가자마자 유 팀장에게 전화를 걸었다. 도대체 무슨 짓이냐며 따지고 싶은데 유 팀장은 전화를 받지 않았다. 나는 문자 메시지라도 보낼까 하다가 핸드폰을 침대에 던져버렸다. 문자가 될 상황이면 전화도 받았겠지. 일부러 나를 피하는 게 틀림없었.

나는 좁은 방을 몇 번이나 돌다가 끝내 침대에 누워버렸다. 천장이 일렁이는 것만 같아 아예 눈을 감았다.

경찰이 박진혁 이사를 용의자로 지목한 이유는 뭘까? 이쪽 세계가 아무리 다르다고 해도 박진혁이 그런 짓을 할 인물이 아니라는 것쯤은 알 수 있다. 무엇보다 시간을 거슬러 '어제'로 도망쳐 온 범인이 있다는 사실을 내가 증언하지 않았던가. 유 팀장은 누구보다 내 말을 믿는다고 하고선 뒤통수를 쳤다. 유 팀장의 의중을 짐작하기 어려웠다.

유 팀장에게 전화하려고 다시 핸드폰을 집어 들었을 때였다. 기다렸다는 듯 명수에게서 전화가 걸려 왔다. 나는 바로 받았다.

"어떻게 된 거야?"

"제가 묻고 싶은 겁니다, 형님. 지금 여기는 난리가 났습니다."

"나는, 아니 박 이사는 어쩌고 있어?"

"일단은 몸을 피하신 거로 알고 있는데 경찰들이 사무실 다 뒤지고 하여간 장난이 아닙니다."

"젠장."

이 정도 추진력이면 거의 낮부터 목표물을 정해놓았다고 봐도 이상할 게 없었다. 그렇다는 말은 유 팀장이 병원으로 날 찾아왔을 때도 이미 박진혁 이사를 범인으로 특정했다는 것이다. 왜 내게 언질을 주지 않았을까? 백번 양보해서 비밀을 지키고 싶었다 한들 왜 내 증언은 싹 무시했을까? 심지어 CCTV 화면을 보여주기도 했는데.

"형님은 괜찮으세요?"

"나도 뭐가 뭔지 혼란스러워서…. 참! 혹시 차 번호판은 알아 봤어?"

"네. 그것 때문에도 전화를 드렸는데요, 이런 거 몰래 해주는 놈을 알아내서 의뢰했습니다."

"그랬더니?"

"차량 소유주와 사는 곳을 알아냈습니다."

"불러봐. 아니, 문자로 보내줘. 고맙다 명수야."

"아닙니다. 형님. 계속 정보 공유해 드릴 테니 형님도 조심하세요. 뭔가 이상하게 돌아가고 있는 것 같습니다."

"그래. 나도 연락해 줄게."

나는 전화를 끊었다. 잠시 후 명수에게서 문자메시지가 날아왔다.

"서대문구라…."

어떤 예측도 섣불리 할 수 없는 상황이 됐다. 내가 기억하는 차량 번호가 이 세계에서는 전혀 다른 차의 번호일 수도 있다. 아니면 같은 차라도 아예 다른 사람이 주인이거나. 그럼에도 주소지가 서대문구라는 점에는 흥미가 생겼다.

나는 불을 모조리 끈 뒤 옷을 벗고 침대에 누웠다. 말도 못 하게 피곤했다. 하루 동안 너무도 많은 일이 나를 뒤흔들었다. 그중 대부분은 믿기지 않는 일이었다. 이 세계에 처지가 다른 두 명의 박진혁이 존재한다는 사실만으로도 혼란스럽기 그지없었다.

원래의 세계로 돌아가고 싶다.

내 머릿속에는 그 생각뿐이었다.

원래의 세계로 돌아가 편하게 죽음을 맞이하고 싶다.

그 생각을 하며 나는 잠에 빠져들었다.

* * *

끔찍한 통증 탓에 새벽에 깼다. 침대에 모로 누워 몸을 잔뜩 웅크린 채 통증이 지나가기만을 바랐다. 또 정신을 잃으면 안 된다. 나는 이를 악물고 버텼다. 온몸이 땀으로 흠뻑 젖었다. 얼마나 시간이 흘렀는지 모르겠지만 조금씩 통증이 잦아들었다.

"후."

나는 그제야 길게 숨을 쉴 수 있었다.

"젠장."

줄줄 흘러내린 침을 닦으며 조용히 중얼거렸다. 똑바로 누워 천장을 바라봤다. 어둠이 짙었다. 창문으로는 빛 한 점 들어오지 않았다. 시간을 확인하려고 손을 더듬어 핸드폰을 찾아 들었다.

부재중 전화가 다섯 통이나 와 있었다. 모두 유 팀장이 건 전화였다. 문자메시지도 있었다.

나는 문자메시지를 확인한 후 잠시 고민에 빠졌다. 새벽에 전화해도 되는가 하는, 팔자 좋은 고민은 아니었다.

유 팀장을 믿을 수 있는가?

그는 분명 내게 도움을 줬다. 내 말을 믿어줬다. 그가 없었으면 나는 지금쯤 경찰서 유치장에서 이 밤을 보내고 있었을 것이다. 하지만….

유 팀장은 내게 많은 걸 숨겼다. 그것도 아주 결정적인 것들로만. 그는 애초에 왜 나를 도와줬고 무슨 이유로 이 세계의 박진혁이 범인이라고 우겨대는 걸까? 또 하나, 시간여행을 한 이가 나와 그 연쇄살인마 말고도 또 있다는데 그 존재는 왜 숨기는 걸까?

하나하나 나열해 보니 제일 믿지 말아야 하는 사람이 유 팀장이라는 결론이 나왔다. 그 부드러워 보이는 인상 뒤에 어떤 표정을 감추고 있을지 알 수가 없었다.

"하아."

저절로 한숨이 나왔다.

분명 머릿속으로는 유 팀장과 연결되면 후회할 거라고 확신하는데, 문제는 이놈의 마음이었다. 지금은 삼류가 됐지만 잘 나가던 때의 나는 오직 마음이 시키는 일만 했다. 한마디로 말하자면 앞뒤 가리지 않고 움직였다는 소리다. 나는 미련 남는 게 싫었다. 마음 가는 대로, 아니 솔직히 말해 대가리 굴리지 않고 당장에 하고 싶은 걸 선택하면 적어도 미련이나 후회는 남지 않았다.

몇 분 정도 더 고민한 끝에 나는 일어나 침대에 앉았다. 그리고는 유 팀장에게 전화를 걸었다.

통화 연결음이 두 번쯤 울렸을까, 유 팀장은 바로 전화를 받았다.

"지금 어디예요?"

유 팀장은 그것부터 물었다.

"도대체 어떻게 된 겁니까, 네?"

어쩔 수 없이 말투가 거칠어졌다.

"미안해요. 놈을 방심하게 만들려면 이 방법밖에 없었어요."

"뭐요? 이게 다 작전이었다? 근데 하필이면 왜 내가 용의자가 된 겁니까?"

　유 팀장은 잠시 뜸을 들였다. 이제 나는 그것마저도 짜증이 났다.

　"또 속일 생각 하지 말고…."

　"범인은 진혁 씨를 잘 알고 있는 인물이에요."

　"네?"

　그 간단한 문장이 너무나도 낯설게 느껴져 나는 몇 번이나 곱씹어야 했다. 범인이 나를 알고 있다고? 난 교통사고 때 놈이랑 처음 본 건데?

　"잠에서 깬 거라면 지금 만날까요? 만나서 이야기하는 게 훨씬 이해가 빠를 거예요."

　"알겠습니다. 어디로 갈까요?"

　잠 따위야 얼마든지 포기할 수 있다. 지금은 진실을 알아내는 게 더 중요하니까.

　"지금 어디에 계시죠? 제가 데리러 갈게요."

　"여기가…."

　무심결에 말하려다가 멈칫했다. 유 팀장을 완전하게 믿을 수는 없었다. 지금도 거짓말을 하는 건지 모르니까.

　내 마음을 알아챈 듯 유 팀장은 조용히 웃으며 말했다.

"그럼 서대문경찰서 쪽에서 보죠. 경찰서 맞은편에 24시간 운영하는 카페가 있어요. 거기서 기다릴게요."

"알겠습니다."

전화를 끊고 대충 세수만 한 다음 모텔에서 나왔다. 새벽 4시 반이었다. 5월 29일 4시 반. 기분이 묘했다. 이제 내가 살던 세계는 5월 30일이 된 것일까? 그렇다면 그 세계는 5월 29일의 교통사고 이후로 쭉 이어지고 있는 것일까? 내가 돌아간다면 삼류 건달 박진혁의 자리는 그대로 남아 있는 걸까?

수많은 의문이 동시에 떠올랐지만 답을 찾을 수 없었다. 처음부터 끝까지 모르는 일뿐이었다.

5월의 새벽 공기는 찼다. 나는 셔츠 단추를 목까지 채우며 무심코 고개를 돌렸다. 모텔이 들어선 골목 안이 보였다. 가로등이 없는 골목은 지독하게 어두웠다. 다시 돌아서려는 순간, 어둠이 일렁거렸다. 누군가가 서 있었다. 몇 미터 앞, 비쩍 마른 전봇대 옆에 한 사람이 서서 나를 노려보고 있었다.

"누구야?"

대답이 없었다.

나는 심장이 뛰는 걸 느꼈다. 빠르고 불규칙하게. 덩달아 호흡도 거칠어졌다. 좋지 않은 징조였다. 호흡이 고르지 못하다는 건 겁을 먹었다는 뜻이니까. 그걸 부정하지 못한다는 것도 최악이었다. 차갑고 날 선 공포가 심장을 움켜쥐었다.

"누구냐니까?"

원래 겁먹은 쪽의 목소리가 큰 법이다.

그것은 미동도 하지 않았다. 나는 충동적으로 달려 나갔다. 여차하면 먼저 주먹을 날리기 위해.

"어?"

막상 전봇대 옆에는 아무도 없었다. 굳이 무언가를 찾자면 낡은 옷걸이 하나가 비스듬히 서 있을 뿐이었다. 젠장. 괜스레 짜증이 밀려와 옷걸이를 걷어찼다.

"악!"

옷걸이는 생각보다 단단했다. 심지어 넘어지지도 않았다. 발가락이 아파 절뚝거리면서 큰길로 나왔다. 나는 길을 건너기 전 다시 뒤를 돌아봤다. 골목, 전봇대, 어둠, 그리고… 누군가가 서 있었다. 적어도 내 눈에는 그렇게 보였다.

"아니야."

나는 중얼거렸다. 재빨리 고개를 돌리면서. 저딴 어둠에 겁을 집어먹다니 면도칼이 녹슬긴 녹슬었구나, 생각하면서.

"택시!"

마침 지나가는 택시가 있었다. 택시는 불법 유턴을 한 다음 내 앞에 멈춰 섰다. 나는 서대문경찰서로 가달라고 말한 뒤 눈을 감았다. 발가락은 여전히 쿡쿡 쑤셨다.

유 팀장은 낮에 봤을 때와 똑같은 복장이었다. 얼굴에는 피곤한 기색조차 없었다.

"못 쉰 것 같은데 괜찮습니까?"

일단 예의상 그렇게 물었다. 화났다는 걸 표현하고 싶었지만 경찰을 상대로는 어떻게 화를 내야 하는지 몰라 그냥 가만히 있었다.

"괜찮아요. 방금 에너지드링크 한 캔 마셨거든요."

"그럼 전 커피 좀 마시겠습니다."

아이스 아메리카노를 주문하면서 카페 내부를 슬쩍 둘러봤다. 새벽인데도 꽤 많은 사람이 앉아 있었다. 탁자에 엎드려 자는 사람이 있는가 하면 노트북을 켜고 열심히 키보드를 두드리는 사람도 있었다.

나는 커피를 들고 유 팀장 맞은편에 앉았다.

"생각보다 사람이 많네요."

"항상 그래요. 경찰서에서 여길 바라보면 늘 불이 환하게 켜져 있거든요. 밤새 무언가를 하는 사람이 그만큼 많다는 소리죠."

"모두 오늘과 내일의 경계에 선 사람들이네요."

내 말에 유 팀장은 희미한 미소를 지었다.

"29일을 맞이한 소감이 어때요?"

"모르겠네요. 그런 거 생각할 틈도 없이 계속 사건이 터지니까."

"바로 본론으로 들어갈까요?"

유 팀장이 물었고 나는 고개를 끄덕였다. 아이스 아메리카노를 한 모금 마시자 머리가 맑아지며 조금 남아 있던 잠기운이 싹 가셨다.

"진혁 씨가 준 정보 덕에 놈의 동선을 파악할 수 있었어요. 편의점을 시작으로 해서 주위의 모든 CCTV와 블랙박스를 뒤졌거든요. 그러면서 놈이 남긴 흔적들을 쫓았죠. 그 결과 놈의 집을 알아냈어요. 굴다리에서 그리 멀지 않은 곳에 있더군요."

"그런데도 놈을 놓친 겁니까?"

이번에는 비꼬는 말투를 숨길 수가 없었다. 물론 유 팀장은 신경도 안 쓰는 것 같았지만.

"우리가 집에 갔을 땐 저녁 무렵이었고 놈은 없었어요. 열한 번째 살인을 저지르고 어딘가 다른 장소에 몸을 숨겼나 봐요. 아무튼, 놈의 집은 오래된 단독주택인데 혼자 사는 것 같았어요. 그런데… 방 한 칸 가득 벽에다가 같은 사람의 사진을 붙여 놓았더군요."

"설마…."

빌어먹을 나쁜 예감은 틀리지 않는다.

"네. 그 사진들 모두 진혁 씨를 찍은 거였어요."

나는 할 말을 잃고 아이스 아메리카노만 바라봤다. 그 시커먼 액체 안에 해답이 있기라도 한 것처럼. 하지만 해답이라는 건 언제나 문제집의 제일 뒤에 붙어있기 마련. 이제 막 문제집을 펼친 거나 다름없는 나로서는 갑자기 튀어나온 골치 아픈 수학 문제에 쩔쩔맬 수밖에 없었다.

"왜죠? 왜 내 사진을 붙여놓은 걸까요?"

유 팀장은 고개를 저었다.

"정확한 이유는 몰라요. 다만 일일이 프린트를 해 붙여놓은 사진들을 보자마자 든 생각은 원한이었어요."

원한?

내게 원한을 품은 인간이야 수도 없이 많겠지. 그래도 요 몇 년은 죽은 듯 조용히 지냈는데, 게다가 살인마 놈과는 이번에 처음 마주친 건데 원한이라고? 도무지 믿을 수가 없었다.

내가 어리둥절한 표정으로 앉아 있자 유 팀장이 가방에서 무언가를 꺼내 테이블 위에 올려놓았다. 사진이었다.

"놈이 붙여놓은 사진 중 몇 장을 가져와 봤어요."

"이게 뭐야?"

첫 번째 사진을 보자마자 내 입에서 그 말이 튀어나왔다. 사진 속 인물은 분명 나였다. 그러니까 이 세계에 사는 박진혁 이사가 아닌 동대문 사무실에 처박혀 시간만 죽이는 지금의 나. 게다가….

"왜 그래요?"

"이건 말이 안 되는데…."

그야말로 말이 안 되는 일이었다. 사진 속 나는 차에서 막 내리는 중이었다. 인상을 쓰고 있었는데, 그런 내 모습 뒤에 보이는 건 분명 추모 공원 간판이었다. 다른 사진도 마찬가지였다. 모두 추모 공원이 배경이었다. 표정만 다를 뿐 사진마다 입고 있는 옷도 같았다. 검은색 정장.

"뭐가요?"

나는 그렇게 묻는 유 팀장을 바라봤다.

"이 사진 속의 저는 5월 29일의 저입니다. 그러니까 놈은 저와 마주치기도 전에 절 쭉 감시하고 이렇게 사진까지 찍었다는 겁니다. 하지만 아무리 기억을 쥐어 짜내도 이런 살인마와 엮일 일은 없었습니다. 어떻게 이런 일이 가능한지, 놈은 언제부터 저를 노리고 있던 건지 하나도 모르겠습니다."

모든 게 뒤죽박죽이고 엉망이었다. 고작 하루가 지났을 뿐인데 나는 이미 지칠 대로 지쳐 생각을 한다는 것 자체가 힘든 지경이 됐다.

"사진 속 인물이 진혁 씨라는 걸 알아본 사람은 저뿐이었어요. 현장의 분위기로 봤을 땐 놈이 진혁 씨를 노리고 있다는 게 분명했죠. 그래서 가짜 정보를 흘려 박진혁 이사가 숨도록 유도했어요. 그런데 진혁 씨 설명을 듣고 보니 제가 너무 단순하게 생각했네요. 놈이 노리는 건 어제의 박진혁이 아니라 내일의 박진혁이네요."

내일의 박진혁.

나는 분명 어제의 세계에 스스로 발을 들여놓았다. 그러고는 보기 좋게 갇혀버렸다. 내가 한 일이라고는 살인마를 쫓았던 게 전부였다. 결과는 이 모양 이 꼴이다. 어제와 내일 사이의 경계에 서서 거꾸로 살인마에게 표적이 된 시한부 건달.

"혹시 다른 사진도 좀 볼 수 있습니까? 그냥 보기만 할게요. 놈이 언제부터 절 노리고 있던 건지 알고 싶거든요."

"그거야 나중에라도 보여드릴 수 있죠."

유 팀장은 별일 아니라는 듯 말하고는 덧붙였다.

"사진은 다 가져왔고, 지금 그 집 근처엔 경찰들이 잠복하고 있어요. 혹시 놈이 돌아올지도 모르니까."

"놈은 아마 지금쯤 '내일'에 있을 겁니다."

내가 말하자 유 팀장이 고개를 크게 끄덕였다.

"저도 그 생각했어요. 내일에서 어제로 올 수 있다면 그 반대도 가능하겠죠. 상식적으로. 놈은 여기서 살인을 하고 그때마다 내일, 그러니까 진혁 씨가 있던 세상으로 도망쳤을 거예요. 그러니 잡을 수가 없었던 거죠."

"지문이나 DNA 뭐 이런 거 아무것도 안 나왔습니까? 지갑에서도?"

"DNA는 시간이 좀 걸리고 지문은 채취했는데 진혁 씨 지문을 제외하고 남은 단 한 명의 지문은 매치되는 사람이 없었습니다. 적어도 놈은 아직은 경찰에 걸려 본 적이 없다는 뜻이죠."

"더 알아낸 건 없습니까? 집을 찾았다면 이름 같은 건 알 수 있잖아요."

"아! 이름이 하나 나오긴 했는데 아무래도 다른 사람 신상을 도용한 것 같아요. 나이가 아주 많은 남자가 그 단독주택 소유주로 나오더라고요."

"이름이?"

"최규남이라고 했어요. 아마 맞을 거예요."

최규남!

나는 얼른 핸드폰을 꺼내 명수가 보낸 문자를 확인했다. 똑같았다. SUV의 소유주이자 서대문구의 한 아파트에 사는 사람. 그 이름이 바로 최규남이었다.

"말씀드릴 게 있는데요."

유 팀장에게 내가 얻은 정보를 간단히 설명했다. 홍제동의 절경아파트라는 곳에 최규남이 살고 있다고. SUV 명의가 최규남으로 되어 있다는 것도 빼먹지 않고 이야기했다.

"주택 소유주와 같은 인물이네요. 어쩌면 놈은 이 세계에서는 최규남이라는 남자의 신상으로 살아가고 있는지도 모르겠네요. 이 사람이 누군지 꼼꼼하게 알아볼게요. 진혁 씨는…."

"직접 찾아가 볼 겁니다. 아침이 되면."

"그럼 같이 가요. 어차피 제 차로 가면 되는 거니까."

딱히 거절할 말을 찾지 못해 일단은 고개를 끄덕였다. 예상에 없던 전개였지만 가만히 생각해 보니 경찰과 같이 가는 게 여러모로 나을 것 같기도 했다. 최규남이란 인물을 실제로 만났을 때 진실을 말하지 않고는 못 버티게 해주려던 계획은 아무래도 수정해야겠지만….

유 팀장은 자리에서 일어났다.

"몇 시에 만날까요?"

내가 묻자 그는 잠시 핸드폰을 확인했다.

"여덟 시 어때요? 장소는 경찰서 앞. 전 좀 씻고 옷도 갈아입으려고요. 진혁 씨는요?"

"전 여기 있다가 시간 맞춰서 건너편으로 가겠습니다."

"아니 그거 말고 옷이요."

"옷?"

유 팀장은 살짝 인상을 찌푸리며 내 옷을 가리켰다.

"지금 그 옷 안 어울리는 건 둘째 치고 너무 눈에 띄거든요. 제가 우리 애들 사복 중에 좀 괜찮은 거로 가지고 올게요. 있다가 봐요."

그 말만 남긴 채 유 팀장은 거침없이 밖으로 나갔다. 나는 유 팀장이 앉아 있던 자리를 조용히 노려봤다. 처음부터 품었던 근원적인 질문이 다시 떠올랐다.

나는 이 사람을 믿어도 되는가?

이 세계에서 내가 의지할 수 있는 유일한 사람이 유 팀장이었다. 반대로 말하면 유 팀장이 나를 속이면 아무것도 못 하고 당할 수밖에 없다는 뜻이 된다. 다른 형사들을 빼고 나와 같이 움직이려 하는 것도 사실 의심스러웠다. 아무래도 보험이 필요할 것 같았다. 나는 명수에게 전화했다.

"아! 형님."

명수는 이른 시간인데도 바로 전화를 받았다.

"나 하나만 더 부탁하자."

"네. 어떤 건가요?"

"사람 한 명만 알아봐 줘."

"누군데요?"

"이름은 유인하. 서대문경찰서 강력계 팀장이야."

"네? 경찰 뒷조사를 하라고요? 그것도 강력계 팀장을요? 탈이라도 나면 어쩌시려고요."

명수의 말이 맞았다. 잘못 걸렸다간 탈이 날 것이고 그러면 그나마 우군이라 생각했던 유 팀장도 바로 등을 돌릴 것이다. 그렇지만 3개월 뒷면 죽어 나자빠질 내가 탈이 무서워 전전긍긍할 이유는 없었다.

"명수야."

"네. 형님."

"탈이 나더라도 너한텐 절대 불똥 안 튀게 할 테니까 꼭 좀 알아봐 줘. 중요한 일이야."

명수는 한동안 말이 없다가 천천히 한마디를 했다.

"알겠습니다. 바로 알아보고 연락드리겠습니다."

"고맙다."

나는 전화를 끊었다. 잠은 완전히 달아난 지 오래였다. 내가 할 수 있는 일이라고는 날이 밝길 기다리며 멍하니 핸드폰을 들여다보는 게 다였다. 아무 생각 없이 내 침대에서 일어나 TV를 큰 소리로 켜 놓고 맥주 한 캔을 마시던 때가 그리웠다. 하루가 지났건만 마치 길고 긴 여행이라도 떠나온 것 같았다.

나는 유 팀장이 가져온 옷으로 갈아입고는 차에 올랐다. 내 취향

과는 거리가 먼 헐렁한 흰색 셔츠에 역시 헐렁한 면바지였다.

"이건 경찰이 일반인으로 위장하고 있다는 걸 대놓고 보여주는 옷 같은데요."

내 말에 유 팀장은 큰 소리로 웃으며 말했다.

"거기에 베이지색 점퍼까지 더하면 백 프로죠."

유 팀장 역시 어제보다 편한 옷으로 갈아입은 상태였다. 복장으로만 보자면 휴가를 내고 금요일 아침부터 놀러 가는 사람들 같았다. 조폭과 경찰. 이상한 조합이기는 하지만.

5월 29일의 아침 도로는 제법 막혔다. 어제가 되어 버린, 내가 있었던 세계의 29일 아침도 똑같았다. 나는 아침부터 서둘러 추모 공원으로 향했고, 서울을 벗어나는 그 길이 제법 정체됐다.

잠깐!

순간 뭔가가 기억날 듯 말 듯 머릿속을 맴돌았다.

"아…."

"왜요?"

"기억 하나가 떠오르려고 하는데 그게 여기에 턱 하고 걸렸거든요."

나는 관자놀이쯤을 가리키며 말했다. 정말로 거기 어디선가 기억이 맴돌고 있는 것 같았다. 답답했다.

"그럴 때 있죠. 이제 거의 다 왔어요."

유 팀장의 말에 나는 창문을 열고 주변을 둘러봤다. 몇 분 전만 해도 차가 가득한 도로였는데 지금은 한적한 주택가였다. 다닥다닥 붙은 빌라 사이로 저만치 언덕에 아파트 단지가 보였다. 굳이 말하지 않아도 절경아파트라는 것을 알 수 있었다.

"지원은 필요 없을까요? 저기에 놈이 있을지도 모르는데."

내 질문에 유 팀장은 곧바로 대답했다.

"여차하면 불러야죠. 하지만 우선은 조용히 살펴보는 게 좋을 듯해요."

그 말도 일리가 있었다.

차는 우회전을 해 아파트 단지를 향해 올라갔다. 이름에 어울리는 오래된 복도식 아파트였다. 동과 동 사이가 멀찍이 떨어져 있고 층도 제법 높았다. 유 팀장은 2동 지상 주차장에 차를 세웠다.

"참. 이거 보세요."

유 팀장이 작은 종이봉투를 내밀었다.

"이게 뭡니까?"

"나머지 사진들. 복사해서 가지고 왔어요. 보고 싶다 하셨잖아요."

"아! 감사합니다."

나는 봉투를 받아 들고 바지 주머니에 넣었다. 그러고는 차에서 내리자마자 주차장부터 둘러봤다. 내가 들이박았던 SUV는 보이지 않았다.

"그 차는 없네요."

유 팀장을 향해 말했다.

"일단 5층으로 올라가 보죠."

유 팀장은 그렇게 말하며 앞장섰다. 우리는 엘리베이터가 내려오길 기다렸다. 그동안 유 팀장이 최규남에 관해 이야기했다.

"경찰 내 기록에는 최규남이라는 인물이 없었어요. 적어도 범법 행위를 저지른 적은 없다는 거죠. 다만 기본 정보는 알 수 있었는데, 올해 55세고 아내와 아들이 있고 지금은 이혼한 상태예요."

"얼굴을 똑똑히 보진 못했지만, 저와 마주쳤던 놈은 분명 젊었습니다. 절대 55세는 아니었죠. 그렇다면 놈이 차를 훔친 걸까요? 트렁크에 하이힐이 그렇게 많았던 걸로 보자면 제가 있던 세계에서는 놈이 그 차를 계속 타고 다녔던 것 같거든요."

"음…. 복잡하네요. 뭐, 일단 가 보면 뭔가를 알 수 있겠죠. 근데 몇 호죠?"

"아! 502호라고 했습니다."

마침 엘리베이터가 5층에 멈췄다. 유 팀장을 따라서 5층 복도로 들어섰다. 우리는 재빨리 걸음을 옮겨 502호 앞에 섰다.

유 팀장은 초인종을 눌렀다. 아무런 대답이 없었다.

"사람이 없는 거 아닐까요?"

"쉿!"

갑자기 502호 문에 귀를 가져다 대며 유 팀장이 조용히 하라는 신호를 보냈다. 나도 덩달아 귀를 기울였다. 끼익. 끼익. 뭔가 무거운 물체가 흔들리는 듯한 소리가 났다.

유 팀장은 문손잡이를 돌렸다. 열리지 않았다. 나는 발로 손잡이를 걷어찼다. 소용이 없었다. 그때 유 팀장이 빨간색 소화기를 들고 왔다. 그러고는 망설이지도 않고 손잡이를 내려쳤다. 쾅! 그 소리가 들리는 것과 동시에 손잡이가 떨어져 나갔다. 유 팀장은 소화기를 아무렇게나 내려놓았다. 소화기는 쓰러져 복도를 데굴데굴 굴렀다. 유 팀장은 문을 벌컥 열었다.

"들어갑시다!"

유 팀장이 먼저 집 안으로 들어갔다. 나도 뒤를 따랐다. 현관으로 들어선 순간, 나도 모르게 그 자리에서 딱 굳었다.

한 남자가 커튼 봉에 목을 맨 채 죽어 있었다. 밟고 올라섰던 의자는 넘어진 상태였다. 의자를 밀어버린 지 얼마 안 된 듯 남자는 끼익, 끼익 소리와 함께 좌우로 흔들리고 있었다.

"아직 숨이 붙어있을지도 모릅니다!"

내가 달려가려 하자 유 팀장이 팔을 잡았다.

"이미 죽었어요."

나는 유 팀장과 목을 맨 남자를 번갈아 바라봤다. 남자는 혀가 길게 빠져나와 있었다. 유 팀장의 말처럼 이미 죽은 게 확실했다. 문득 의문이 들었다. 남자는 우리가 올 것을 어떻게 알고 자살했단 말인가? 지독한 우연인가?

궁금하다는 표정이 얼굴에 떠올랐던지 유 팀장이 현관문 위쪽을 가리켰다. 밖을 향해 CCTV가 달려 있었다.

"저걸 이용해 실시간으로 보고 있었을 거예요. 거기다가 초인종까지 누르니 우리가 들어올 거라 생각하고는 바로 실행한 겁니다. 의자만 넘어뜨리면…."

"잠깐! 생각 좀 할게요."

나는 유 팀장의 말을 막고 죽은 남자에게 다가갔다. 늙수그레한 얼굴에 핏기가 하나도 없었다. 양말에는 구멍이 나 있었다. 오른쪽 엄지발가락 부분이었다. 면바지 앞섶이 짙은 색으로 젖어 갔다. 곧 바짓가랑이를 타고 누런 오줌이 흘러내렸다. 본능적으로 한발 물러선 후 유 팀장을 향해 고개를 돌렸다.

"이 남자가 최규남은 맞을까요?"

"조사해 봐야죠."

유 팀장은 그렇게 말한 뒤 핸드폰을 들고 통화를 시작했다. 구급차를 부르는 것 같았다. 나는 죽은 남자에게서 시선을 떼지 못한 채 소파에 걸터앉았다. 머릿속이 너무 복잡했다. 유 팀장은 안방과 거실을 오가며 이것저것 꼼꼼하게 살펴봤다.

"팀장님."

유 팀장은 나를 돌아보더니 한마디를 했다.

"아무거나 만지지 마세요."

"아! 네. 안 만집니다. 그런데 이상하다는 생각 안 하세요? 저 남자가 최규남이라면 우리가 올 걸 어떻게 알았던 걸까요? 어떻게 알고 CCTV로 확인까지 해 가면서 딱 이 순간에 자살한 걸까요?"

"좋은 질문인데 일단 현장 조사를 하고 생각해 봅시다."

유 팀장은 다시 바쁘게 움직였다. 도움이 안 되는 건 물론이요,

걸리적거리는 존재가 된 것만 같아 나는 복도로 나왔다. 부릅뜬 눈으로 죽은 시체와 같이 있는 것도 영 내키지 않았다.

복도에서 아래를 내려다보는데 핸드폰이 진동했다. 바지 주머니에서 핸드폰을 꺼냈다. 명수였다.

"명수야."

나는 조용히 전화를 받았다.

"형님. 말씀하셨던 거 조사를 좀 했습니다."

"그래?"

나는 502호 쪽 눈치를 살피며 현관문에서 멀찍감치 떨어졌다.

"통화는 가능하십니까?"

명수가 물었다.

"응. 말해."

"유인하 팀장. 파면 팔수록 재미있는 구석이 많네요."

"어떤 점이?"

"강력계 팀장은 작년에 됐습니다. 원래는 그냥 형사였는데 2년 전인가 연쇄살인사건을 해결하면서 특진을 한 거죠. 그 당시 꽤 화제가 됐던 사건인데 범인이 여자 혼자 일하는 가게에 들어가 무작위로 찌르고 도망치는 수법으로 네 명이나 죽였습니다. 이게 워낙

대담한 데다가 범인이 증거도 안 남기고 신출귀몰해서 오랫동안 잡히질 않았는데 유인하 형사가 혼자서 그 범인을 잡은 거죠."

"대단한데…."

"그런데 형님. 여기서 좀 이상한 소문이 잠깐 돌았답니다."

"이상한 소문?"

"유인하는 원래도 열심히 뛰는 형사였는데 그 연쇄살인 즈음해서 완전히 다른 사람이 된 것처럼 말하고 행동했답니다. 그러더니 그 살인범을 혼자 잡아서 끌고 온 거죠. 그래서 뭐, 유 형사가 마약을 했네, 아니면 빨대 꽂아 놓은 애들이 대신 해결했네, 이런 이야기들이 조금 떠돌았다고 합니다."

"완전히 다른 사람…."

그렇게 중얼거린 순간, 뒤에서 소리가 들렸다.

"진혁 씨?"

전화를 끊고 바로 고개를 돌렸다. 유 팀장이 다가오고 있었다. 나는 그를 향해 어색하게 웃어 보였다. 유 팀장은 두꺼운 노트를 들고 있었다.

그때였다. 502호에서 누군가가 튀어나왔다. 검은색 모자를 쓰고 역시나 검은 마스크를 쓴 사람이었다. 그가 날 선 부엌칼을 들고 있는 게 똑똑히 보였다. 그 칼을 치켜든 채 나와 유 팀장을 향해 달려왔다. 눈빛이 번득였다.

놈이다!

한번에 알 수 있었다.

"피해요!"

나는 본능적으로 유 팀장을 끌어당기며 동시에 벽 쪽으로 몸을 피했다. 그 순간 놈이 휘두른 칼이 허공을 갈랐다. 나는 놈의 자세가 무너진 걸 놓치지 않고 어깨로 들이받았다. 놈은 505호 문에 부딪히며 칼을 떨어뜨렸다. 유 팀장도 가만히 있지 않았다. 어느새 권총을 빼 들고는 놈을 겨냥했다.

"움직이지 마!"

판에 박은 듯 밋밋하고 흔해 빠진 대사지만 총을 겨누니 확실히 효과는 있었다. 놈은 멈칫했다. 차갑고 냉정한 눈빛으로 우리를 쏘아볼 뿐이었다. 대치 상태가 유지되던 그때 505호 문이 갑자기 열렸다.

"뭐가 이렇게 시끄러워?"

러닝을 걸친 덩치 큰 남자가 성난 목소리로 외쳤다.

나와 유 팀장은 동시에 그쪽으로 고개를 돌렸다. 놈은 그 순간을 놓치지 않았다. 몸을 날리는가 싶더니 복도에 뒹굴고 있던 소화기를 집어 들었다.

"아!"

내가 외마디 소리를 내는 것과 동시에 놈이 번개같이 핀을 빼고는 우리를 향해 소화기를 발사했다. 희고 끈적끈적한 분말이 유 팀장과 나를 덮쳤다. 아무것도 보이지 않았다. 무언가가 나를 세게 치고 지나갔다. 손을 뻗었지만 잡히는 건 없었다.

"앞으로 가요. 앞으로!"

유 팀장 목소리가 들렸다. 그 소리에 따라 무작정 앞으로 달렸다. 소화기 분말에서 벗어나자 뭔가가 보이기 시작했다. 눈은 따갑고 콧속이 화끈거렸지만 적어도 숨은 쉴 수 있었다.

"놈이 도망갔습니다!"

"쫓아요!"

우리는 중앙 계단으로 달려 내려갔다. 아파트를 빠져나와 막 밖으로 나갔을 때 지하 주차장에서 차 한 대가 튀어나왔다. 바로 그 SUV였다.

"저기!"

내가 외쳤지만 소용없었다. SUV는 이미 시야에서 사라져 버렸다. 우리는 숨을 헐떡이며 한동안 말없이 서 있었다. 그때 날카로운 통증이 또 몸속을 휘젓고 지나갔다. 나는 입술을 깨물며 상체를 숙였다. 그 자세 그대로 몇 분인가 버티자 조금 진정이 됐다.

"괜찮아요?"

유 팀장이 물었다.

"네."

나는 이마에 맺힌 땀을 훔치며 간신히 대답했다.

멀리서 각기 다른 사이렌이 울렸다. 경찰과 구급대가 동시에 달려오는 모양이었다. 그 소리를 듣자마자 유 팀장은 들고 있던 노트를 내게 내밀었다.

"이거 들고 일단은 몸을 피하세요. 여기 있어 봐야 진혁 씨에게 좋을 게 없으니까."

맞는 말이었다. 공식적으로 나는 쫓기는 몸이었다. 내가 박진혁 이사가 아니라는 사실을 믿어줄 사람은 유 팀장과 명수 둘뿐이었다.

"근데 이건 뭡니까?"

내가 물었다. 노트는 제법 묵직했고 오래 사용한 티가 났다.

"책상 서랍에서 찾았어요. 이걸 보여주려고 나왔던 건데, 놈이 집 안에 숨어 있으리라곤 생각지를 못했네요."

"여기에 뭐가 적혀 있죠?"

"저도 몰라요. 꼼꼼하게 볼 시간이 없었으니까. 그러니 진혁 씨가 읽어보세요. 그리고 연락합시다. 지금은 빨리 피해요!"

사이렌 소리는 점점 가까워졌다. 나는 노트를 들고 고개를 최대한 숙인 채 아파트 정문으로 향했다. 경찰차와 구급차가 내 옆을 지나갔다. 놈을 잡지 못한 분함에 더해 또 다른 의문점이 생겼다는 사실에 분노하며 정문을 빠져나가던 그때 퍼뜩, 한 가지 기억이 떠올랐다. 내내 관자놀이 근처에서 머물던 바로 그 기억.

추모 공원에서 내게 말을 걸어왔던 그 남자⋯ 얼굴이 엉망이었다.

마치 얻어맞기라도 한 것처럼.

***

정처 없이 걸었다. 어딘가에 들어가 잠깐이라도 쉬고 싶었지만 마땅한 곳이 없었다. 카페에는 전부 사람으로 북적거렸다. 저 많은 시선에 노출되고 싶지는 않았다. 나는 결국 명수의 도움을 구할 수밖에 없었다.

 명수는 내 연락을 받고는 한달음에 달려오겠다고 했다. 나는 그 사이 홍제천으로 내려가 벤치에 앉았다. 아침이지만 햇볕이 뜨거워서 그런지 돌아다니는 사람이 많지 않았다. 그나마 다행이었다.

 나는 등을 쭉 펴려다가 날카로운 통증을 느끼고 다시 상체를 숙였다. 내 안에 도사린 이 흉악한 놈이 서서히 온몸을 장악하고 있었다. 숨을 쉴 때마다 아팠다. 아니, 숨 쉬는 것 자체가 힘들었다.

 "후."

 천천히, 그리고 조심스럽게 숨을 내쉬며 벤치에 등을 기댔다. 햇빛에 달궈진 등받이는 따뜻해서 좋았다. 흉포하게 날뛰려던 통증도 잠시 수그러든 것 같았다. 나는 그 상태에서 생각에 잠겼다. 끝도 없이 떠오르는 물음표는 일단 제쳐두었다. 단 한 가지, 이제 어떻게 해야 하는가에만 집중했다. 놈을 잡지 못하는 이상 내가 있던 세계로 돌아가는 건 불가능하다. 그렇다면 굳이 아등바등할 필요가 있을까? 놈이 진짜로 나를 노리는지 어떤지는 모르겠지만 명수의 도움을 조금만 받는다면 인적 드문 장소에 가서 남은 시간을 보내는 건 충분히 가능할 것이다.

 남은 시간….

의사는 석 달이라 했지만 그것도 아주 후하게 쳐준 것 같았다. 놈이 나를 죽이는 것보다 폐암이라는 이 빌어먹을 암살자가 내 생명줄을 끊는 게 더 빠를 듯했다. 불과 몇 시간 전만 해도 내가 살던 세상, 내가 살던 집에 간절히 가고 싶었지만 이제는 그 욕망마저 희미해졌다.

나는 유 팀장이 건네준 노트를 내려다봤다. 노트는 검은색 가죽으로 된 아주 낡은 제품이었다. 족히 몇십 년은 쓴 것만 같았다. 그만큼 손때가 많이 묻어있었다. 유 팀장이 굳이 이걸 가지고 나온 이유가 궁금하기도 해서 나는 표지를 펼쳤다.

최규남.

꾹꾹 눌러 쓴 글씨로 노트의 주인 이름이 적혀 있었다.

나는 몇 장을 휘리릭 넘겼다. 일기인 것 같았다. 날짜 아래에 짧은 내용이 적혀 있었다. 생전의 최규남은 꽤 꼼꼼한 사람인 듯했다. 거의 빠지지 않고 매일 일기를 썼다. 몇 편의 일기를 읽으면서 나는 최규남의 직업이 측량기사라는 걸 알게 됐다. 지금으로부터 30년 전의 일기에는 적어도 그렇게 나와 있었다.

"주로 산에서 일을 했나 본데."

최규남은 이런저런 야산을 오가며 측량을 한 모양이었다. 십여

페이지 넘게 산에서의 지루한 일상이 계속됐다. 덩달아 읽는 나도 지쳐갔다. 끝까지 다 읽어도 이렇다 할 정보를 찾기가 어려워 보였다. 결국 나는 참지 못하고 중간쯤으로 휙 뛰어넘었다. 그 순간 단어 하나가 눈에 들어왔다. 동굴.

"동굴?"

나는 손으로 짚어가며 그 단어가 적힌 부분을 읽어 내려갔다.

"이거다!"

나도 모르게 소리쳤다.

최규남은 무려 19년 전에 어제로 가는 동굴을 발견한 것이다. 뒤쪽 내용이 궁금해서 미칠 것 같았다. 하필이면 그때 명수에게서 전화가 걸려 왔다.

"형님. 저 도착했습니다. 올라오시죠."

벤치에서 일어나 도로 쪽으로 고개를 돌리니 낡은 BMW 한 대가 서 있었다. 원래 세계의 내가 몰던 것과 비슷했다.

나는 계단을 올라 BMW에 올라탔다.

"죄송합니다. 최대한 표 안 나게 가지고 나오려다 보니 이런 낡은 차뿐이었습니다."

명수는 미안한 표정을 지었다.

"아냐. 이거로도 충분해."

"정해놓은 목적지가 있으십니까?"

명수가 물었다.

"딱히 생각해 본 곳은 없는데… 마음 편하게 이걸 읽을 만한 데 없을까?"

나는 노트를 들어 보였다.

"그러면 형님. 제가 뒤 봐주고 있는 시설 괜찮은 모텔이 있는데 거기로 모실까요?"

"좋아. 고마워."

내가 그렇게 말하자 명수는 한참 나를 바라봤다.

"왜? 뭐 묻었어?"

"그게 아니라, 형님. 예전부터 제가 알고 따랐던 그때 그 모습하고 너무 닮아서. 흐흐."

"이쪽 세계에 있는 박진혁 이사는 안 그래?"

"뭐, 솔직히 말씀드리자면 같이 고생하고 뒹굴던 시절하곤 많이 달라지셨죠. 이사 되시고부터 더. 요즘은 면도칼이 아니라 일본도 같다니까요, 흐흐."

"인마. 잘나가는 박진혁이 좋은 거야. 내가 살던 세계에선 난 호구에 등신 취급 받는다니까."

말을 하고 나니 서글프면서도 한편으로는 웃겼다. 내가 피식 웃자 명수도 따라 웃었다.

"지금 모습 좋습니다, 형님."

명수가 말했다.

"자, 가자. 시간이 얼마 없다."

나는 안전띠를 맸다. 그때 바지 주머니에서 뭔가가 툭 떨어졌다. 내려다보니 유 팀장이 준 봉투였다. 그걸 집어서 봉투를 열고 사진을 꺼냈다. 명수는 BMW를 몰고 도로를 달리기 시작했다. 역시 사진마다 내 얼굴이 찍혀 있었다. 내가 집에서 나오는 모습, 차에 오르는 모습 등 모두 5월 29일의 세계에서 찍힌 사진이었다. 풀리지 않는 의문과 마주하자 또 머리가 쿡쿡 쑤셨다.

놈은 왜, 그리고 어떻게 이 사진을 찍었을까?

그런 생각을 하며 한 장씩 확인하던 나는 갑자기 튀어나온 다른 인물의 사진을 보고 그대로 얼어붙었다.

사진에 서희가 찍혀 있었다.

그것도 2년 전이 아닌 바로 지금 이 세계의 서희가.

그런 것쯤은 바뀐 편의점 브랜드로도 알 수 있었다. 문제는 의도를 알 수 없다는 데 있었다.

놈이 왜 서희를….

순간 불길한 예감 하나가 머릿속을 스치듯 지나갔다. 아니, 그냥 예감 정도가 아니었다. 내 몸속에 똬리를 틀고 있는 암처럼 확고부동한 사실이었다.

놈은 서희를 노리고 있다!

"명수야. 차 돌려!"

나는 소리쳤다.

"네? 어, 어디로?"

"우리 룸살롱 있잖아. '낭만 속으로'. 거기로!"

"알겠습니다."

명수는 더 묻지 않고 아슬아슬하게 유턴을 한 뒤 경적도 무시한 채 내달리기 시작했다. 그사이 나는 유 팀장에게 전화를 걸었다.

이번에는 바로 전화를 받았다.

"진혁 씨. 무슨 일…."

"알았어요! 놈이 지금 무슨 일을 하려는지 알았다고요!"

"네?"

"동대문에 '낭만 속으로'라는 제법 큰 룸살롱이 있어요. 거기 맞은편 편의점으로 경찰들 좀 보내주세요. 지금 바로!"

"무슨 일인지 설명부터 해주세요."

"놈은 다른 희생자를 노리고 있어요! 설명은 나중에 할 테니 부탁 좀 들어주세요."

"일단 알겠어요. 근데 진혁 씨는 지금 어딘가요?"

"저도 그쪽으로 가고 있습니다."

나는 거기까지 말하고 전화를 끊었다. 심장이 튀어나올 듯 뛰었다. 내가 5월 28일로 넘어온 후 발생했던 살인 사건은 놈의 짓이 아니었다. 유 팀장도 말했다. 수법이 조금 다르다고. 그때는 그냥 넘겼는데 다시 생각해 보니 놈은 바로 그 짓을 할 수 없는 상태였다. 교통사고를 당한데다 내게 곤죽이 되도록 얻어터지기도 했다. 온몸이 아파 움직이기도 힘들었을 것이다. 그렇다면 놈은 뭘 했을까? 당연히 내게 원한을 품었을 거고, 내가 누구인지 알아보려 하지 않았을까?

그래. 놈은 곧바로 내일, 즉 5월 29일로 향했으리라. 그 엉망이 된 몸을 이끌고. 그러고는 무슨 수를 썼는지는 모르겠지만 나를 찾아냈다. 내 과거를 알았고, 심지어 나를 미행해 추모 공원에서 마주치기도 했다. 그러고는 한 가지 계획을 떠올렸을 것이다. 실로 악마와도 같은 계획.

놈은 5월 28일의 서희를 죽이려 한다.

서희를 목표물로 삼은 이유는 뻔했다. 놈은 알고 있었다. 서희가 나에게 어떤 존재인지. 지금 이 세계의 서희가 죽으면 내가 어떤 아픔을 느낄지, 놈은 너무나 잘 알고 있었다.

*　*　*

명수는 신호를 무시하고 미친 듯이 달렸다. 나는 입술만 잘근잘근 깨물고 있었다. 거리는 성큼성큼 줄어들었지만 충분하지 않았다. 딱 맞게 경찰이 도착하리란 보장도 없었다. 어쩌면 이미⋯.

그 순간 기막힌 생각 하나가 떠올랐다. 나는 핸드폰으로 편의점을 검색했다. 금세 그 편의점 주소와 위치, 그리고 전화번호까지 떴다.

"됐다!"

전화번호를 누르자 신호음이 들렸다. 나는 숨을 죽인 채 그 소리에 온 신경을 집중했다.

받아라. 제발 받아라!

"네. 편의점입니다."

전화를 받았다. 서희 목소리였다. 순간 속 깊은 곳에서부터 뜨거운 무언가가 올라와 말문이 막혔다.

"여보세요?"

나는 정신을 차렸다. 그래도 목소리가 떨리는 건 어쩔 수 없었다.

"혹시 최서희 씨 되십니까?"

"네? 맞는데 누구시죠?"

서희 목소리에서 경계심이 묻어났다.

"지금부터 제가 하는 말 잘 들으세요. 이유는 나중에 설명할 테니 일단 편의점 문을 잠그고 아무도 못 들어오게 하세요. 제 말 꼭 들으셔야 합니다!"

"아니 그쪽이 누구인지 어떻게 알고 말을 들어요? 전화를 걸어서는 다짜고짜 문을 잠그라니 혹시 보이스피싱 뭐 그런 거예요?"

"그게 아니고…."

"그런 거라면 전 애초에 돈도 없으니 전화 잘못 거셨네요."

서희는 전화를 끊으려 했다.

경계선 169

"잠깐! 끊지 말고 들어주세요. 서희 씨 안전과 관련된 문제입니다. 속는 셈 치고 문 잠그고 조용히 계세요. 제가 누군지 설명하자면… 그러니까 그게, 서희 씨 안전을 걱정하는 사람입니다. 제가, 아니 경찰이 도착할 때까지만이라도 아무도 못 들어오게 하세요!"

나는 거의 애원하듯 말했다. 서희는 한동안 조용하다가 다시 입을 열었다.

"얼마나 걸려요? 그쪽이 도착하려면?"

"시간이요?"

나는 명수를 돌아봤다.

"거의 다 왔습니다. 5분!"

명수가 말했다.

"5분. 딱 5분 정도만 문 잠근 채 기다리시면 제가 도착해서 설명해 드리겠습니다."

핸드폰을 쥔 손에 저절로 땀이 배어 나왔다.

"알겠어요. 말 그대로 속는 셈 치고 딱 5분만 기다릴게요."

서희의 말에 나는 안도의 한숨을 쉬었다.

"고맙습니다! 그럼….”

"지금 있는 손님만 나가면 바로 문 잠글게요."

가슴이 철렁했다.

"손님이 있어요? 혹시 남자?"

나는 잔뜩 긴장한 채 물었다.

"네. 남자. 아! 지금 막 계산하러 오시니까 일단 끊을게요."

내가 안 된다고 소리치기도 전에 전화가 끊겼다.

"명수야. 더 밟아!"

"네!"

명수는 차선을 이리저리 바꿔가며 골목길까지 접어들었다. 골목만 올라가면 '낭만 속으로'와 편의점이 나온다. 그때 앞선 차가 갑자기 멈춰 섰다. 앞차만이 아니었다. 차들이 길게 늘어서 있었다.

"뭐야?"

나는 창문을 열고 고개를 내밀었다.

"공사 중인 것 같은데요."

명수가 말했다.

"젠장!"

나는 조수석 문을 열고 내렸다. 명수가 나를 불렀지만 뒤도 돌아보지 않고 골목길을 달려 올라갔다. 역시 한참 위쪽에서 맨홀 뚜껑을 열고 뭔가를 하고 있었다. 제대로 통제하지 않아 안 그래도 좁은 골목에 내려가려는 차와 올라가려는 차가 뒤섞여서 난장판이었다.

숨이 차고 폐가 찢어질 것 같았지만 멈추지 않았다. 계속 달렸다. 빌어먹을 셔츠가 땀으로 흠뻑 젖어 계속 달라붙었다.

한참을 달린 끝에 드디어 골목을 벗어났다. 나는 곧장 왼쪽으로 방향을 틀었다. 저만치 '낭만 속으로'가 보였다. 경찰은 아직 도착을 못 한 모양이었다. 맞은편 편의점을 향해 마지막 힘을 쥐어 짜내 뛰고 또 뛰었다.

드디어 편의점 앞에 도착한 순간, 문이 열리며 누군가가 밖으로 나왔다.

놈이었다.

"아!"

나도 모르게 탄식이 흘러나왔다. 모자에다가 마스크, 그리고 피 묻은 칼. 굳이 확인하지 않아도 어떤 상황이 벌어졌는지 알 수 있었다.

"너 누구야? 어떤 새끼야?"

힘껏 소리를 질렀다. 참을 수 없는 분노가 미친 듯이 뛰는 맥박을 따라 온몸으로 퍼져나갔다. 놈은 삐딱하게 선 채 나를 바라봤다. 그러고는 미소를 지었다. 마스크를 썼지만 바로 알 수 있었다. 게다가 한 손에 칼을 든 놈은 자신감이 넘쳤다. 내게 일방적으로 맞기만 하던 그놈이 아니었다.

그러거나 말거나 나는 놈을 향해 돌진했다. 미처 예상을 못 했는지 놈은 움찔하며 칼을 앞으로 내밀었다. 칼잡이들의 전형적인 자세였다. 나는 놈의 팔을 툭 치며 품으로 파고들었다. 그러고는 멱살을 잡고 그대로 밀어붙였다. 우리는 편의점 문을 부수며 안으로 넘어졌다.

"윽!"

밑에 깔린 놈의 목을 왼손으로 누르고 오른손으로는 주먹을 날렸다.

퍽!

피가 튀었다.

다시 때리려고 상체를 든 순간 계산대 앞에 비스듬히 쓰러져 있는 서희를 발견했다. 큰 눈을 동그랗게 뜬 채 믿을 수 없다는 듯 멍하니 입을 벌린 채로 죽어 있었다. 뜨거운 것이 다시 치밀어 올랐다. 서희에게서 눈을 뗄 수가 없었다. 그때 서늘한 기운이 엄습했다. 나는 본능적으로 몸을 뒤로 젖혔다.

슥!

놈이 휘두른 칼이 내 콧잔등을 베고 지나갔다.

"악!"

뜨거운 고통에 순간적으로 균형을 잃었다. 놈은 그 틈을 놓치지 않고 내 목을 찌르려 했다. 양손으로 놈의 팔을 붙잡았다. 이번에는 놈이 다른 손으로 내 목을 졸랐다. 그 손마저 뿌리치고 다시 주먹을 내리꽂으려는 찰나 기다렸다는 듯 그것이 찾아왔다.

통증.

안 돼!

속으로 울부짖었지만 소용없었다. 나는 통증을 견디지 못하고 앞으로 고꾸라졌다. 숨을 쉴 수가 없었다. 폐가 찢어지는 것 같았다. 그 사이 놈이 벌떡 일어났다. 놈은 헐떡이는 나를 내려다보다가 칼을 고쳐 쥐고는 내 목을 향해 들이밀었다.

나는 기어서 도망쳤다. 놈이 따라왔다. 손에 잡히는 대로 아무거나 던졌다. 과자, 컵라면, 티슈 같은 것들은 놈에게 아무런 타격도 주지 못했다. 나는 진열대를 잡고 겨우 일어났다. 통증은 여전히 날뛰었지만 죽기 싫다는, 저놈에게만은 죽기 싫다는 내 의지가 더 강했다.

"와봐!"

그렇게 소리치며 온 힘을 쥐어 짜내 진열대를 쓰러뜨렸다. 놈은 깜짝 놀라며 물러섰다. 우리는 쓰러진 진열대를 사이에 두고 대치했다.

그때였다. 사이렌 소리가 들렸다. 경찰이었다. 놈의 눈빛이 흔들렸다. 사이렌은 점점 가까워졌다. 놈은 칼을 품에 감추고 편의점 밖으로 달려 나갔다.

"거기 서!"

쓰러진 진열대를 돌아 비틀거리면서 나도 편의점을 빠져나왔다. 나오기 전 마지막으로 서희를 한 번 더 바라봤다. 설명할 수 없는 감정들이 휘몰아쳤다. 그 중 비죽 튀어나온 하나의 감정이 바로 분노였다. 놈을 내 손으로 죽이지 않고서는 절대 풀리지 않을 분노.

밖에는 이미 구경꾼들이 몰려 있었다. 그 사이를 뚫고 명수가 달려왔다. 동시에 편의점 옆 골목에서 놈의 SUV가 굉음을 내며 튀어나왔다.

"형님! 괜찮으세요?"

명수는 놀란 표정이었다. 나는 숨을 헐떡이며 간신히 물었다.

"차. 차 어디 있어?"

"저기 있습니다. 그런데 지금 경찰이 오는 중이라 빨리 몸을 피하셔야…."

명수는 구경꾼들 뒤쪽을 가리켰다.

"시동은?"

내가 다시 물었다.

"네? 시동이요? 네. 걸려 있습니다."

"차 좀 쓰자."

나는 명수의 대답을 듣지도 않고 차를 향해 비틀거리며 다가갔다. 사람들이 피투성이인 내 얼굴을 보고는 기겁하며 피했다. BMW에 올라탔다. 구경꾼들을 향해 경적을 울린 후 바로 가속페달을 밟았다. 차는 붕 소리를 내며 앞으로 튀어 나갔다.

"형님! 형님!"

명수가 달려오며 소리를 질렀지만 나는 멈추지 않았다. 내 목표는 하나다. 놈을 잡아서 죽이는 것. SUV가 달려 내려간 곳으로 핸들을 돌리며 얼굴에 묻은 피를 훔쳤다.

저 먼 하늘에서부터 서서히 먹구름이 몰려오고 있었다.

***

통증은 차츰 수그러들었다. 피도 멈췄다. 하지만 내 분노는 수그러들지도, 멈추지도 않았다. 불과 몇 분 차이인데도 SUV는 어디로 내뺀 건지 찾을 수가 없었다. 놈이 지나갔으리라 예상하고 8차선 도로를 한참 달렸는데도 결국 그 빌어먹을 SUV는 보이지 않았다.

"으아아!"

분노를 이기지 못해 소리를 질렀다. 머리에 난 상처도 쑤시고 피가 꾸덕꾸덕 말라붙은 콧잔등의 상처도 아팠다.

"으아아!"

다시 한번 소리를 지르고는 맨 끝 차선으로 갑자기 끼어들어 갓길에 차를 세웠다. 끼익! 내가 끼어드는 바람에 부딪힐 뻔한 차의 운전자가 조수석 창문을 내리고 쌍욕을 하며 지나갔다.

나는 일단 운전석에 뒤통수를 기댔다. 머리가 욱신거렸다. 온몸이 너덜거렸다. 속 안에 든 통증의 근원이 스멀스멀 올라와 몸 전체를 차지하고 있다는 걸 분명하게 느낄 수 있었다. 지금 당장 피를 토하며 죽는다 해도 이상하지 않을 상태였다.

이번에도 서희를 지키지 못했다.

놈의 손에 죽은 서희를 보고서야 내 안의 녹슬고 오래된 감각 기관이 요동쳤다. 슬프고 괴로웠다. 2년 전, 나는 술에 의지해 하루하루를 살아야 했다. 술이라도 먹지 않으면 수없이 반복되는 '만약에'의 늪에서 빠져나올 수 없었다. 만약에 사우나 따위 가지 않고 바로 서희를 만났다면. 만약에 그 옛날의 조폭처럼 우리도 동네 치안에 신경을 썼다면. 만약에… 만약에 시간을 되돌릴 수 있다면.

괴로웠던 그 시간이 무색하게도 이 세계의 서희 역시 살인마의 손에 죽었다. 또다시 '만약에'라는 부질없는 가정과 함께, 서희를 살릴 수 있었던 수많은 경우의 수가 떠올라 미칠 정도로 마음이 아팠다.

뜨거운 눈물이 흘러내렸다. 나는 핸들을 부여잡고 울기 시작했다. 소리를 내지 않으려고 입술을 깨물었지만 소용없었다. 한참을 울고 나자 조금 진정이 됐다.

때마침 유 팀장에게서 전화가 걸려 왔다. 액정 화면을 바라보다가 결국 전화를 받았다.

"지금 어디예요?"

유 팀장은 다짜고짜 물었다.

"놈을 놓쳤습니다. 여긴 어디인지도 모르겠네요."

"아직 포기하긴 일러요. 그 SUV 번호판으로 전국에 수배령을 내렸거든요."

"제 손으로 놈을 처치하지 않는 이상 의미가 없습니다."

"지금에 와서는 놈을 잡는 것보다 서희 씨를 구하는 게 먼저죠."

순간 유 팀장이 무슨 말을 하는지 알아듣지를 못했다.

서희를 구한다고? 이미 죽은 서희를….

"그게 무슨 말이죠?"

유 팀장은 한동안 말이 없었다. 내가 침묵을 견디다 못해 다시 물으려는 찰나 그가 다시 입을 열었다.

"노트 가지고 있죠?"

"네. 조수석에 있습니다."

"마음 바쁘겠지만 일단 그것부터 읽어보세요. 그 노트에 시간역행자에 관해 많은 게 적혀 있는 것 같았어요."

"시간역행자?"

유 팀장 말은 점점 알 수 없게 흘러갔다.

"노트를 읽고, 거기에 진혁 씨가 이 세계에서 겪은 일도 간단하게나마 기록해 두세요. 그래야 같은 실수를 반복하지 않아요."

"같은 실수를 반복하지 않는다는 건…."

"잘 생각해 봐요. 그리고 해답을 얻으면 다시 날 찾아요. 찾아서 말해요. 시간역행자라고. 내 명함, 지갑에 넣어뒀어요."

"잠깐! 그게 무슨⋯."

"행운을 빌어요. 어제는 아직 끝나지 않았어요."

유 팀장은 마지막까지 뜻 모를 말을 남긴 채 전화를 끊었다.

나는 조수석에 놓아둔 최규남의 노트를 쳐다봤다. 아까 본 내용으로 짐작하자면 노트에는 이 이상한 현상에 대해 여러 정보가 담겨 있을 듯했다. 간헐적으로 찾아오는 얕은 통증을 참으며 최규남의 일기를 읽기 시작했다.

***

2005년 7월 7일

날짜를 적은 이 순간에도 나는 당황해 어쩔 줄 모르는 상태다. 어떻게 된 일일까? 지금 이곳은 분명 7일이 맞다. 그렇다면 그 동굴이 어제로 통하는 문이었다는 걸까? 어제로 통하는 문이 있다면 원래 세계로 돌아갈 수 있는 통로 또한 있지 않을까? 그런데 무슨 수로 그 통로를 찾을까.

2005년 7월 20일

현금 몇만 원만 가진 상황이라 매우 난감하다. 그나마도 이 여관방을 빌리는 데 거의 다 썼다. 내일부터 당장 뭘 먹고 살아야 할지 막막하다.

2005년 8월 3일

이 세계에 살고 있는 또 다른 나를 찾았다. 그는 나와 다른 듯 비슷한 삶을 살고 있다.

2005년 8월 6일

내가 이곳으로 올 때 통과한 그 굴다리로 다시 가봤지만 역시 아무런 변화가 없다. 그저 평범한 굴다리라는 사실을 오늘도 확인했을 뿐이다. 점점 지쳐간다. 가지고 있던 장비를 팔아 마련한 돈도 이제는 다 떨어졌다. 일을 하고 싶어도 나를 증명할 수 있는 게 아무것도 없다. 이 세계에서 살아가는 또 다른 최규남이 있는 한 어쩔 수 없는 현실이다.

2005년 8월 9일

한 가지 실험을 해보기로 한다.

2005년 8월 11일

최후의 비상금을 털어 교통비를 마련한 다음 내가 비를 피했던 바로 그 동굴로 찾아갔다. 만약 또 한 번 동굴을 통과한다면 어떻게 될까? 그러면 또 다른 세상으로 가게 되는 걸까, 아니면 공간은 같고 요일만 바뀌는 걸까? 나는 잔뜩 긴장한 채 동굴로 들어갔다. 그리고 다시 굴다리로 나오게 됐다. 제일 먼저 확인한 것은 날짜였다. 8월 10일. 물어본 사람마다 똑같은 대답을 했다. 그 다음 나는 굴다리 옆에 아무렇게나 놓여 있는 돌멩이 중에서 가운데 걸 재빨리 들어 올렸다. 있었다. 어젯밤에 굴다리를 찾아 돌멩이 밑에 넣어두었던 천 원짜리 한 장이 그대로 있었다. 이것으로 두 가지 사실은 확실히 알게 됐다. 그 동굴을 통과하면 무조건 전날로 가게 된다. 그렇게 도착한 전날은 쭉 같은 세계를 유지한다. 그렇다면 이제 내게 남은 과제는 하나뿐이다. 이곳에서 살아남는 일.

2005년 8월 12일

이 세계로 와서 마주쳤던 사람 모두 나를 기억하지 못한다. 한 가지 사실을 더 알게 된 셈이다. 동굴을 한 번 더 통과하면, 이 세계에는 그전까지 쌓인 나에 관한 정보가 모두 사라진다. 처음으로 리셋되는 것이다.

2005년 8월 25일

됐다. 나는 이제 이 세계의 유일한 최규남이다.

***

이 대목까지 읽고 나는 고개를 들었다. 멍했다. 동굴을 통해 어제의 세계로 발을 들여놓는 순간 이미 시간 속에 갇히게 된다는 사실이 섬뜩했다. 무엇보다 이 세계에서 살아가기 위해 최규남이 저질렀을 일을 상상하자 정신이 아득해졌다. 나 같은 건달이 아닌 그저 평범하게 살아왔을 한 사람이 괴물로 변하는 모습을 엿본 것 같았다.

자기가 자신을 죽이는 건 어떤 느낌일까?

최규남은 어쨌든 살아남았다. 오늘 오전까지는. 일기를 읽어보니 조금은 알 것 같았다. 최규남은 스스로 목숨을 끊을 사람이 아니다. 그 집에 있던 놈이 죽인 것이다. 그렇다면 놈은 도대체 어디에서 왔으며 그 정체가 뭘까? 어떻게 최규남을 알았던 걸까?

또다시 물음표만 늘어났다. 하나같이 대답 없는 물음이었다. 내게 확실한 건 서희가 죽었다는 사실과 그 짓을 저지른 놈을 잡아야 한다는 목표뿐이었다.

그렇다면 다시 첫 번째 의문으로 돌아온다.

놈은 어디로 도망간 걸까? 어제일까, 내일일까?

그런 생각을 하며 다시 노트를 들여다보았을 때 동굴이라는 단어가 눈에 확 들어왔다. 동굴. 그 빌어먹을 동굴.

혹시 내일로 갈 때도 동굴을 통해야 하는 걸까? 내일과 연결된 동굴이 있다면, 그 위치는 어디일까?

놈은 필요할 때면 어제와 내일을 넘나들면서 계속 살인을 해왔다.

잠깐! 그렇다는 건 놈에게는 시간이 무한정으로 주어진다는 의미다. 그랬기에 이곳으로 온 후 다시 5월 29일로 건너가 추모 공원에서 나와 만나는 게 가능했다. 그런 뒤에는 금세 어제의 동굴을 이용해 5월 28일로 갔을 것이고, 자기 집에다가 보란 듯이 내 사진을 전시해 일부러 주의를 끌었으리라.

"그렇다면…."

생각지도 못했던 가능성 하나가 떠올랐다. 나는 서둘러 노트를 넘기며 최규남이 남겨 놓았을지도 모를 동굴의 위치를 찾았다. 있었다. 노트의 맨 뒤쪽에 그림과 함께 상세한 위치가 적혀 있었다.

나는 찬찬히 숨을 고르며 생각하고 또 생각했다.

오늘 동굴을 통과하면 나는 5월 28일로 다시 가게 된다. 28일, 그러니까 어제는 서희 역시 살아있었다.

"잠깐만."

나는 노트를 무릎에 올린 채 머리를 감싸 쥐었다.

생각을 해! 머리를 굴리라고!

어제로 돌아가서 다시 5월 29일을 맞이하면 어떻게 될까? 서희는 오늘 죽었지만 어제로 가서 미리 막는다면 그 죽음은 리셋되지 않을까?

그제야 유 팀장이 했던 말이 무슨 뜻인지 알 것 같았다. 어제는 아직 끝나지 않았다. 그 말은 바로 지금 상황을 염두에 두었던 것이다. 게다가 유 팀장은 알 수 없는 소리도 했다.

"…해답을 얻으면 다시 날 찾아요. 찾아서 말해요. 시간역행자라고. 내 명함, 지갑에 넣어뒀어요."

"좋아."

그렇게 중얼거리며 시동을 걸었다. 목적지는 정해졌다. 고민해 봐야 머리만 더 아플 뿐이다. 나는 동굴을 향해 차를 몰았다. 다시 5월 28일로 갈 것이다. 돌이킬 수 없는 문제가 발생한다 해도 가서 서희만 지킬 수 있다면 그걸로 충분하니까.

시간의 톱니바퀴

　환한 빛이 날아들었다. 눈이 부셨다. 나는 그 빛을 향해 성큼 한 발을 내디뎠다. 후덥지근한 바람이 불어왔다. 손으로 햇빛을 가리고 바깥 풍경을 살폈다. 건널목이 보였다. 그 너머에는 편의점이 서 있었다.

　나는 고개를 돌려 내가 빠져나온 곳을 바라봤다.

　굴다리였다.

　여기가 어디지?

　순간, 그런 의문이 들었다. 멍했다. 머릿속에 뿌옇게 안개가 낀 것처럼 기억의 실마리가 보일 듯 보이지 않았고, 잡힐 듯 잡히지 않았다. 손을 내려다봤다. 노트를 들고 있었다. 낯선 노트라고 생각하던 그때, 갑자기 안개가 걷히며 기억이 떠올랐다.

동굴, 어제, 살인자, 최서희….

동굴, 어제, 살인자, 최서희….

동굴, 어제, 살인자, 최서희….

나는 편의점을 바라보고 길을 건너려 했다. 그때였다. 귀를 찢는 소리가 날아들었다.

빠앙!

소리가 들린 쪽으로 고개를 돌렸다. 거대한 덤프트럭이 달려오고 있었다. 나는 재빨리 뒤로 물러섰다.

빠앙!

다시 경적이 날아들며 덤프트럭은 내 앞을 아슬아슬하게 스쳐 지나갔다. 속도를 줄이지 않고 내리막길을 그대로 달려가는 덤프트럭의 꽁무니를 보다가 내가 빨간불에 건너려 했다는 걸 깨달았다. 신호는 곧 바뀌었다. 이번에는 좌우를 확인하고 길을 건넜다. 손까지 들까 했지만 그건 참았다.

편의점으로 들어가자마자 아르바이트생에게 물었다.

"오늘이 며칠이지?"

"네? 오늘이… 28일인데요."

아르바이트생은 핸드폰을 들여다보며 말했다. 나는 재차 확인했다.

"5월 28일 맞는 거지? 그리고 1시 30분이고."

"네. 5월 28일. 1시 30분. 맞아요."

"고마워."

또박또박 대답하는 아르바이트생에게 인사를 건네고 편의점에서 나왔다. 왔다. 다시 '어제'로 오게 되었다. 바지 주머니를 뒤졌다. 핸드폰과 볼펜 한 자루, 그리고 지갑을 찾아냈다. 핸드폰은 아예 작동하지 않았지만 볼펜은 멀쩡했다. 당연히 지갑과 그 속에 든 현금도. 동굴을 통과할 때마다 나와 관련한 모든 건 사라진다는 게 맞는 말인 모양이었다. 아르바이트생은 나를 알아보지 못했다. 게다가 디지털 기기인 핸드폰은 작동하지 않는다. 결국 남은 건 잉크가 마르지 않은 볼펜과 최규남의 노트, 그리고 지갑뿐이었다. 나는 노트를 펼쳐서 '유인하'와 '시간역행자' 두 단어를 써 넣었다. 유 팀장은 내가 아는 것보다 훨씬 많은 정보를 가진 듯했다. 정답을 찾고 싶다면 당장이라도 유 팀장을 찾아가는 게 맞을 것이다. 하지만 내가 원하는 건 정답이 아니라 서희를 구하는 일이었다.

나는 큰길로 나가 택시를 잡았다. 흰색 소나타가 다가와 멈춰 섰다. 내가 뒷좌석에 앉자마자 기사가 물었다.

"어디 가십니까?"

"5월 28일의….''

"네?"

"아, 아니요. 동대문 갑시다. '낭만 속으로'라고 찍으면 나올 겁니다."

택시가 달리는 동안 생각을 정리했다. 안 돌아가는 머리를 최대한 쥐어 짜내서. 머리는 누군가의 코를 뭉개는 게 아니라 생각하는 데 쓰는 부위라는 걸 절실하게 깨닫는다.

내가 해야 할 일은 크게 두 가지였다. 하나는 서희를 지키는 것, 또 하나는 놈에게서 내일로 가는 방법을 알아내는 것. 그러자면 무슨 일이 있어도 놈을 잡아야 한다. 잡아서, 원하는 정보를 얻은 후, 죽인다. 계획은 단순하게 짜는 게 낫다. 특히 나처럼 치밀하지 못한 놈일수록 더 그래야 한다.

택시가 '낭만 속으로' 앞에 섰다. 나는 현금을 내밀고 내렸다. 서희의 편의점은 그 자리에 그대로 서 있었다. 편의점으로 향했다. 그때였다. 편의점 안에서 큰 소리가 들렸다. 누군가 잔뜩 성난 목소리로 쌍욕을 퍼붓고 있었다.

"뭐야?"

편의점 문을 열고 달려 들어갔다. 나는 서희부터 찾았다. 계산대 뒤에 선 서희가 보였고… 그 앞에서 중년 남자 한 명이 삿대질을 하고 있었다. 술 냄새를 풀풀 풍기면서, 잔뜩 혀 꼬인 말투로.

"야! 술 좀 따르는 게 어려워? 엉? 이 년이 어디 고객한테 고개를 빳빳하게 들고 지랄이야, 지랄이!"

대충 상황을 알 것 같았다. 계산대에 놓인 소주병은 뚜껑이 열린 상태였다. 이미 만취한 저 인간은 서희에게….

"이 아저씨가 보자 보자 하니까, 어디서 욕에다가 삿대질이야! 누군 욕 못해서 참는 줄 알아? 술을 따르라고? 미쳤구나, 미쳤어. 아가씨 끼고 술 마시고 싶으면 건너편 룸살롱에나 가던지!"

서희는 숨도 쉬지 않고 쏘아붙였다. 안 그래서 벌겋게 취해 있던 남자 얼굴이 아예 불이라도 붙은 듯 새빨개졌다. 순간, 남자가 소주병을 쥐었다. 나는 놈을 향해 성큼 다가갔다.

"그만하지."

내 말에 남자가 고개를 돌렸다.

"너, 너는 뭔데 끼어들어? 엉?"

"그만하라고."

소주병 든 남자의 팔을 잡고 단번에 꺾었다.

"악!"

남자가 소주병을 떨어뜨리며 비명을 쏟아냈다. 바닥에 떨어진 소주병은 산산조각 났다. 나는 그중 제일 날카로운 파편 하나를 집어 들고 남자 목에 가져다 댔다.

"한 번만 더 여기 와서 지랄하면 평생 바람 빠지는 소리 내면서 살게 될 거다. 알았어?"

"네네!"

술에 취했을지언정 남자는 판단이 빨랐다. 바로 고개를 끄덕이며 비굴한 표정을 지었다.

"꺼져!"

나는 팔을 놓아줬다. 남자는 그 길로 곧장 도망쳤다. 용케 비틀거리지도 않고 편의점 밖으로 달려 나가는 남자를 보며 속으로 안도의 한숨을 쉬었다.

"고마워요."

서희의 말에 고개를 돌렸다. 5월 28일의 건강한 서희가 나를 보고 웃고 있었다. 그 모습에 나는 할 말을 잃고 멍하니 바라보기만 했다. 그런 내게 서희가 다시 말했다.

"고맙다고요."

"아! 네. 고맙긴요, 뭘."

"가끔 저런 진상이 꼬이거든요. 어휴. 열받아."

"진상은 어딜 가나 있죠. 그런데 병이 깨져서…."

나는 바닥을 내려다보며 말했다.

"제가 치우면 되죠. 그 전에 계산부터 해 드릴게요."

"네?"

서희가 하는 말을 이해 못 해 얼빠진 표정으로 되물었다.

"뭐 사려고 오신 거 아니에요?"

"아! 맞다. 컵라면, 컵라면 사려고…."

허둥지둥 컵라면 매대로 향했다. 나는 김치왕뚜껑을 골라 계산대로 갔다. 서희는 컵라면을 보더니 반색했다.

"오! 김치왕뚜껑 파구나! 저도 컵라면 중에서 이걸 제일 좋아하거든요."

"압니다."

"네?"

엉겁결에 이상한 말이 튀어나왔다.

"아, 아니… 김치왕뚜껑이 진리라고요! 하하."

나는 서둘러 둘러대고는 지갑을 꺼내 계산했다.

"드시고 가실 거죠? 그러면 뜨거운 물은 저쪽에 있어요."

서희는 웃으며 편의점 뒤편을 가리켰다. 나는 거길 힐끔 돌아본 후 조심스레 물었다.

"저… 혹시 최근에 수상한 사람 못 보셨습니까?"

"수상한 사람이요?"

"네. 편의점 근처를 어슬렁거리는 사람이나 서희 씨를 뒤따라오는 사람, 그러니까 남자죠. 그런 남자 없었습니까?"

"뭐야? 경찰이세요? 아까 하시는 거 보곤 솔직히 조폭인 줄 알았거든요. 저기 건너편 가게에 조폭이 자주 드나들어서."

"아뇨. 경찰은 아니고… 그 뭐냐, 그러니까… 저는 일종의 자치대 같은 거죠."

"아! 동네 자치대! 경찰 도와서 방범 순찰하고 그러는 분!"

서희는 알겠다는 듯 고개를 끄덕였다.

"네. 맞습니다! 방범 자치대."

"걱정해 주시는 건 고마운데, 다행히 수상한 사람은 못 봤어요."

"그렇군요. 제가 이 근처 순찰을 도맡아 하니까 아무 일도 없을 겁니다. 걱정하지 마세요. 그럼, 전 이만."

나는 꾸벅 인사하고 돌아섰다. 그때 서희가 날 불러세웠다.

"저기요. 그거 드시고 가신다 하지 않으셨어요?"

서희가 말한 그게 컵라면이라는 걸 뒤늦게 깨달은 나는 또 둘러대야 했다.

"집에 가서 먹으려고요. 생각해 보니 그러는 편이 나을 것 같아서. 하하."

"네. 그러면 안녕히 가세요."

이번에야말로 나는 편의점 밖으로 과감히 나갔다. 발길이 떨어지지 않았지만 저 안에서는 컵라면이 목구멍으로 넘어가지 않을 것 같았다. 그럴 수밖에. 눈물이 먼저 비집고 올라올 테니까.

나는 편의점에서 나와 공중전화를 찾았다. 빌어먹을 공중전화는 씨가 말랐는지 보이지 않았다. 결국 지하철역 근처까지 가서야 쓰레기장과 거의 구분이 안 되는 공중전화 부스를 발견했다. 다행히 전화기는 작동했다. 지갑에서 유인하 팀장의 명함을 꺼냈다.

그러고는 동전을 넣고 전화를 걸었다. 공중전화기를 마지막으로 사용했던 게 언제인지 기억조차 나지 않았다. 몇 차례 신호음이 떨어진 후 상대방이 전화를 받았다.

"서대문경찰서 유인하입니다. 누구십니까?"

유 팀장의 목소리였다.

"납니다. 박진혁."

나는 시험 삼아 그렇게 말했다. 잠시 후 예상했던 대답이 돌아왔다.

"누구시라고요? 저를 아십니까?"

"그쪽은 날 기억 못 하겠지만, 저는 압니다. 당신이 5월 29일에 이렇게 말했습니다. 5월 28일에 도착하면 연락하라고."

한동안 침묵이 흘렀다. 나는 동전을 또 집어넣었다. 컵라면을 사고 서희에게서 받은 동전이었다. 김치왕뚜껑은 공중전화기에 올려놓은 채였다.

"그러니까 내일이 5월 29일인데, 제가 그쪽 분에게 그런 말을 했다고요? 또 무슨 이야기를 하던가요?"

유 팀장은 떠보듯 묻는 듯했다. 나는 이 상황에서 어떤 대답을 해야 할지 알고 있었다. 아무리 퇴물이 되었다 해도, 죽을 날만 기다린다 해도 여태 날 버티게 한 눈치는 사라지지 않았고, 난 그걸 믿었다.

"시간역행자. 당신이 그 단어를 말해줬습니다."

"아!"

유 팀장은 그런 소리를 내뱉고는 이내 덧붙였다.

"박진혁 씨라고 하셨죠? 지금 어디 계십니까? 위치를 알려주시면 제가 거기로 가겠습니다. 우리, 할 이야기가 많을 것 같네요."

"여기가…."

나는 이번에도 '낭만 속으로' 앞에서 기다리겠다고 말하고 전화를 끊었다.

김치왕뚜껑을 챙겨 들고 다시 걸었다. 유 팀장을 만나면 어디서부터 어떻게 설명해야 할지 머릿속으로 궁리하면서.

'낭만 속으로' 앞에서 얼마간 기다리고 있으니 유 팀장이 자기 차를 끌고 나타났다. 나는 그를 향해 손을 들어 보였다. 조수석 창문이 내려갔다. 낯익은 얼굴이 고개를 빼고 나를 살폈다. 그러다가 김치왕뚜껑에 시선이 머물더니 곧 입을 열었다.

"박진혁 씨? 타세요."

차에 올랐다. 유 팀장이 물었다.

"어디로 갈까요?"

"편하게 이야기하기엔 차 안이 좋겠습니다. 여기 영업 시작하려면 멀었거든요. 이 앞에 대놓죠."

여기 있으면 편의점에 드나드는 사람도 관찰할 수 있다. 나름 머리를 굴린 내 대답에 유 팀장은 순순히 동의했다.

"좋아요. 그렇게 하죠. 우선 그쪽 이야기를 먼저 들어볼까요? 해줄 이야기가 많을 것 같은데."

해줄 이야기… 많고도 많았다. 어제에서 내일로, 그리고 다시 어제로 시간을 통과하는 동안 내게 일어난 일만 정리해도 소설 한 권은 뚝딱 써 내리라. 물론 그 전에 내가 이 망할 폐암으로 죽지 않는다는 가정하에. 쓸데없는 가정이었다. 나는 이야기를 시작했다. 처음부터. 그러니까, 추모 공원에서 놈을 만났던 다른 세계의 5월 29일 아침부터….

내가 이야기하는 동안 유 팀장은 고개를 끄덕이기만 할 뿐 질문도 하지 않았고, 딱히 토를 달지도 않았다. 덕분에 나는 부족한 말솜씨로도 나름 자세히, 그리고 조리 있게 내가 처한 상황에 관해 설명할 수 있었다.

"그렇게 해서 다시 5월 28일로 왔고, 우리가 지금 이렇게 만나게 된 겁니다."

나는 이야기를 끝냈다. 유 팀장은 팔짱을 낀 채 운전석 깊숙이 몸을 파묻고 앉아 말이 없었다. 곰곰이 생각에 잠긴 표정이었다. 기다렸다. 그가 먼저 입을 열기를. 나 역시 궁금한 게 많았지만 우선 유 팀장이 뭐라 말하는지 듣고 싶었다. 생각보다 꽤 긴 침묵이 흐른 후 드디어 유 팀장이 나를 봤다. 그러고는 말했다.

"저도 그 동굴을 알아요."

"아!"

그런 소리를 내긴 했지만 심하게 놀라지는 않았다. 그가 시간역행자라는 단어를 입에 올린 순간부터 쭉 그렇지 않을까 짐작하고 있었으니까. 그게 아니라면 유 팀장이 보여준 행동은 말이 안 된다. 내가 다른 세계의 5월 29일에서 왔다는 걸 쉽게 믿은 것도 그렇고, 줄곧 나를 도와준 것도 그렇고.

"역시 별로 놀라지 않는군요."

유 팀장이 말했다.

"언젭니까? 언제 그 동굴을 통과해 여기로 오게 된 겁니까?"

내가 물었다.

"모르겠어요. 이젠 그 기억도 가물가물해요. 그래도 한 가지는 또렷하죠. 용의자를 쫓다가 동굴로 들어갔는데 나와 보니 굴다리 앞이었어요. 게다가 어제였고. 그 사실을 알았을 때의 충격은 잊지 못하겠네요."

"시간역행자라는 단어는…."

"제가 만들었어요. 저 말고도 그 동굴을 통과해 이쪽 세계로 넘어온 사람이 분명 더 있을 거라고 짐작했거든요. 이렇게 만나게 될 줄은 몰랐지만."

"선배로서 해줄 조언은 없습니까?"

내 물음에 유 팀장은 씁쓸한 표정으로 대답했다.

"최대한 빨리 결정하는 게 좋아요. 이 세계의 유일한 나로 살아갈지, 아니면 신분증 하나 없이 숨어 지낼지."

당신은 전자를 선택했군요?

그 질문은 속으로 삼켰다. 유 팀장이 무슨 짓을 했든 지금의 내게는 그리 중요하지 않았다. 내가 원하는 건 한 가지, 놈을 잡는 것뿐이었다. 그래야 서희가 안전해지니까.

"그러면 정리해 보죠. 진혁 씨가 놈이라고 부르는 연쇄살인마는 저 편의점에서 일하는 최서희 씨를 노리고 있다. 맞죠?"

유 팀장이 편의점 쪽을 보면서 물었다.

"네. 내일, 그러니까 이 세계의 5월 29일에 놈은 서희를 살해했습니다. 그걸 막으려면 그 새끼를 미리 잡아야 하죠."

"알겠어요. 진혁 씨가 준 정보대로라면 놈은 그 단독주택 아니면 절경아파트에 있겠군요."

"네. 둘 다 이 노트의 주인인 최규남의 명의로 돼 있습니다."

"좋아요. 바로 수사 시작할게요. 진혁 씨는 뭘 할 건가요?"

"전 여길 지키고 있을 겁니다."

"내일까지 계속?"

유 팀장이 놀란 표정으로 물었다.

"그러니까 놈을 빨리 잡아주세요."

"핸드폰 안 된다고 했죠? 그러면 일단 이걸 써요. 수시로 연락할 테니까."

그렇게 말하며 유 팀장은 재킷 안주머니에서 구형 핸드폰 하나를 꺼내 내게 내밀었다. 경찰이란 원래 이렇게 대포폰을 많이 들고 다니는가 싶었다. 내 마음을 읽었는지 유 팀장이 덧붙였다.

"제 거예요. 원래 핸드폰 두 대 쓰는데 그중 하나를 드리는 거예요. 비밀번호는 190817이고."

"190817. 생일은 아닐 거고, 무슨 기념일이죠?"

내가 물었다. 유 팀장은 피식 웃으며 대답했다.

"제가 이 세계의 유일한 유인하가 된 날이요."

건달 사이에선 오랜 격언 하나가 내려온다. 일이 너무 술술 풀리면 뒤를 조심해야 한다고. 누가, 언제, 어디서 뒤통수를 후려갈 길지 모른다는 뜻이다. 그만큼 조심해야 한다는 뜻이기도 하고. 행운만 연속으로 일어난다면 반드시 그만큼의 불행이 도사리고 있는 게 세상 이치니까.

5월 28일로 넘어와 서희가 안전하다는 걸 확인했다. 유 팀장과의 대화도 순조롭게 끝났다. 이제 놈을 잡기만 하면 된다. 그 빌어먹을 SUV 차종은 물론이고 번호도 알려줬으니 놓치기가 더 힘든 상황이 됐다. 유 팀장은 내 제안 역시 받아줬다. 놈을 잡으면 딱 한 번, 나와 만나게 해달라는 제안. 그때 나는 물을 것이다. 내일로 가는 구멍은 어디에 뚫려 있는지. 아무리 죽음을 결심했다 해도 어쨌든 돌아가서 죽고 싶었다. 내 세계에서 온전한 나로 죽는 것, 그게 마지막 소원이었다.

아무튼, 지금까지는 모든 게 잘 풀리고 있다. 그랬기에 나는 더 주의를 기울였다. 불행이라는 놈이 언제 뒤통수를 칠지 모르니까.

오후 5시가 넘었다. 현재까지는 이상 무. 서희의 편의점은 한산했다. 나는 '낭만 속으로' 앞 벤치에 앉아서 편의점을 계속 지켜보는 중이었다. 그러면서 유 팀장의 연락을 기다렸다. 다행히 암이라는 녀석은 지금껏 잠잠했다. 서희는 아마 밤이 되면 아르바이트생에게 편의점을 맡기고 퇴근할 것이다. 그때까지만 지켜보면 된다. 그때까지만, 버티면 된다. 그때까지만… 놈이 잡히면 된다.

핸드폰이 진동했다. 나는 바로 전화를 받았다.

"여보세요?"

"진혁 씨."

유 팀장의 목소리가 안 좋았다.

"놈은 잡았습니까?"

내가 물었다.

"아뇨. 어디에도 없었어요. 그리고… 최규남이 죽어 있었어요. 그 아파트에서."

"네? 자, 잠깐만요. 최규남은 분명 5월 29일에 죽어요. 놈이 자살로 위장해서 죽이는데…."

"달라요. 최규남은 칼에 찔렸고, 경찰이 도착하기 얼마 전에 사망한 걸로 확인됐어요."

싸한 느낌이 척추를 타고 흘렀다. 건달의 예감은 안 좋은 쪽으로는 거의 틀림없이 맞는다. 뭔가, 예상 밖의 일이 벌어지고 있었다. 놈은 분명 5월 29일에 서희를 죽인 다음 도망쳤고….

"설마…."

나도 모르게 중얼거렸다.

"왜 그래요?"

"놈은 내가 다시 동굴을 통과해 5월 28일로 올 거란 걸 눈치챈 겁니다! 그래서 자기도 역시 동굴을 통과해 여기, 그러니까 오늘로 넘어왔죠. 5월 28일의 서희를 죽이기 위해! 동시에 결정적인 제보를 할 만한 인물, 그러니까 최규남도 죽인 거겠죠."

"젠장. 그 생각을 못 했네요. 거기 계세요. 제가 다시 갈 테니."

"네."

나는 그렇게 말하며 벤치에서 일어났다. 편의점 문이 흔들리고 있었다. 내가 통화하는 사이 누군가 안으로 들어갔다는 의미였다. 핸드폰을 바지 주머니에 넣고 편의점을 향해 달렸다. 고작 몇 미터 거리였지만 한없이 멀게만 느껴졌다. 문을 밀면서 편의점 안으로 뛰어 들어갔다. 문 위에 달린 방울이 요란하게 울어댔다.

"어서 오…."

서희가 나를 보더니 눈을 동그랗게 뜨고 말을 잇지 못했다. 나는 재빨리 안을 둘러봤다. 손님이라곤 중학생으로 보이는 아이 한 명이 다였다. 녀석은 냉장고로 가서 콜라 한 캔을 들고 계산대로 왔다. 혹시나 해서 진열대 사이까지 다 살펴봤지만 다른 이는 없었다. 거기까지 확인하고 나니 맥이 탁 풀렸다. 그 잠깐 사이에 온몸이 흠뻑 젖을 정도로 진땀이 흘렀다. 나는 다시 서희에게로 향했다.

"괘, 괜찮으세요?"

더듬거리며 묻는 서희에게 나는 고개를 끄덕했다.

"물론이죠! 아무 문제 없습니다."

"그런데 무슨 일로? 김치왕뚜껑은 아직 들고 계시고…."

그러고 보니 이 컵라면을 아직 처리하지 못했다. 나는 서둘러 변명했다. 말이 되는지 안 되는지 상관하지 않고.

"이거, 김치왕뚜껑 이거 먹으러 왔습니다. 집에서 물을 끓일 수 없어서. 하하."

"아… 네. 그럼, 여기서 드세요."

"네!"

장장 몇 시간을 묵힌 김치왕뚜껑을 들고 편의점 뒤편으로 갔다.

포장을 벗기고, 뚜껑을 열고, 스프를 뿌린 다음 뜨거운 물을 부었다. 특유의 매콤한 향이 확 올라왔다. 그제야 나는 오래 굶었다는 사실을 떠올렸다. 배가 고팠다. 그것도 무시무시하게.

나는 테이블에 앉아 채 3분도 기다리지 못하고 뚜껑을 열었다. 그러고는 라면 한 젓가락을 입에 넣었다. 뒤통수가 얼얼할 정도로 맛있었다. 내 머리를 뒤에서 친 건 불행이 아니라 라면이었다. 그것도 김치왕뚜껑.

내가 정신없이 라면을 먹고 있을 때 서희가 테이블 위에 뭔가를 내려놓았다. 삼각김밥이었다. 김밥을 뚫어지게 보는 내게 서희가 말했다.

"서비스예요. 아까 도와주신 것도 있고."

"고, 고맙…."

입 안 가득 라면을 넣고 있었기에 우물거리며 대답할 수밖에 없었다. 서희는 살짝 웃더니 돌아섰다. 날 불쌍한 놈으로 보겠지? 집에 가스가 끊겨서 물도 못 끓여 반나절이나 컵라면을 품고 다닌 남자. 그래도 좋았다. 서희가 웃는 걸 볼 수 있으니.

나는 컵라면과 삼각김밥을 먹으면서도 온 신경은 출입구 쪽으로 향하고 있었다. 놈이 정말로 5월 28일에 온 것이라면 언제 이 편의점으로 들이닥쳐도 이상할 게 없었다. 제일 좋은 건 서희를 집으로 가게 만드는 것이고, 다음은 내가 편의점에 계속 머무는 것이다. 우선은 두 번째 방법을 써볼 생각으로 냉장고로 가 콜라 1.5리터를 꺼냈다. 그러고는 계산대로 갔다.

"먹고 갈 거예요."

서희가 뭔가 말하기도 전에 내가 선수를 쳤다.

"아…."

"집 냉장고도 고장 나서."

서희는 더 묻지 않고 콜라를 계산해 줬다. 그런 뒤 종이컵 하나를 꺼내 내게 건넸다.

"여기 따라서 드세요."

"고맙습니다."

나는 콜라와 종이컵, 그리고 잔돈을 받아 들고 다시 테이블로 향했다. 이제 1시간 정도는 여기 눌러앉아 있을 명분이 생겼다. 콜라를 종이컵에 따라서 천천히 마셨다. 달디단 탄산이 들어가니 머리가 대번에 맑아졌다. 그 머리를 최대한 굴려 놈에 관해 생각했다.

놈은 단순한 시간역행자가 아니었다. 어제만이 아니라 내일로 가는 것도 가능했고, 그걸 이용해 수많은 살인을 저질렀다. 자기가 필요할 때마다 어제와 내일을 오가며 거의 무한에 가까운 시간을 확보하니 절대 잡을 수 없는 것 역시 당연한 일이었다. 게다가 동굴을 통과하면 모든 게 리셋되니 설령 누군가에게 들켰다 해도 아무런 지장이 없었다. 그렇다면 놈은 어떻게 내일로 가는 입구도 찾아낸 걸까? 그리고 최규남과는 어떤 접점이 있는 걸까?

두 가지 질문은 아무리 머리를 쥐어짜도 답을 찾을 수 없었다. 놈에게 직접 듣는 수밖에.

내가 그런 생각을 하고 있을 때 서희가 불렀다.

"저기요!"

"네? 네!"

나는 벌떡 일어나 계산대 쪽을 바라봤다. 서희가 말했다.

"잠깐만 가게 좀 봐주실 수 있으세요?"

"왜요?"

"화장실이 급해서요. 빨리 다녀올게요."

"아! 그러세요."

나는 엉겁결에 대답하고 계산대 쪽으로 걸어갔다. 서희는 그 사이에 편의점 밖으로 나갔다. 이 건물 공용 화장실을 쓰려는 것이리라. 몇 분간 계산대 앞에 멀뚱히 서 있었다. 그러다가 아차 싶었다.

놈이 밖에서 서희를 노리고 있는 거라면?

그 생각을 한 것과 동시에 편의점 문으로 향했다.

그때였다. 문이 열리며 딸랑 소리가 들렸다. 누군가가 편의점 안으로 들어왔다. 순간 멈칫했다. 상대방도 마찬가지였다. 나는 멍하니 서서 그 낯익은 얼굴을 바라봤다. 먼저 입을 연 건 편의점으로 들어온 그 녀석이었다.

"이, 이사님?"

"명수야."

명수가 당황한 표정으로 나를 보고 있었다. 예상하지 못한 순간에 예상하지 못한 존재와 다시 만났다. 이건 지독한 운명인가, 아니면 시간이 던지는 짓궂은 농담인가. 도무지 갈피를 잡을 수 없었다.

"이사님이 왜 여기에…. 게다가 옷은 왜 그렇게 입으셨는지…."

나보다 훨씬 당황한 쪽은 명수였다. 녀석은 이해할 수 없다는 표정으로 고개만 갸웃거렸다. 서희의 날카로운 비명이 들린 건 바로 그 순간이었다.

"비켜!"

나는 명수를 밀치고 밖으로 튕기듯 달려 나갔다. 편의점 입구를 돌아 상가 뒤편으로 향했다. 화장실은 거기 있었다. 내가 막 모퉁이를 돌려 할 때였다. 누가 뒤에서 나를 잡아당겼다. 동시에 방금 내가 서 있던 곳을 덮치듯 SUV 한 대가 튀어나왔다. 순간 뒤를 돌아봤다. 명수가 서 있었다.

"이사님! 괜찮으세요?"

명수가 아니었다면 나는 SUV에 그대로 부딪혔으리라. 하지만 고맙다고 말할 새가 없었다. SUV가 내 앞을 지나간 찰나의 순간, 나는 분명히 봤다. 서희가 조수석에 앉아 있는 것을. 그것도 눈을 감은 채로 창문에 머리를 기대고 있었다. 정신을 잃었거나 다쳤거나 둘 중 하나였다. SUV는 저만치 달려가 잠시 멈췄다. 곧 뒤쪽 비상등이 깜박이기 시작했다. 마치 따라오라는 듯.

"명수야. 차 좀 쓰자!"

나는 명수를 향해 외쳤다.

"네네! 저기 주차해 놨는데…."

명수는 허둥지둥 '낭만 속으로' 앞을 가리켰다. 거기에 중고 BMW가 서 있었다. 너무나도 눈에 익은 바로 그 차였다. 역시, 얄

궂은 운명이었다.

"열쇠!"

그렇게 말한 순간이었다. 기다렸다는 듯, 이 순간이 오기만을 호시탐탐 노리고 있었다는 듯 통증이 날아들었다. 나는 신음도 흘리지 못하고 허리를 숙였다. SUV가 다시 출발했다. 저걸 놓치면 안 된다! 반드시 따라잡아야 한다!

"이사님!"

명수가 어쩔 줄 몰라 하며 나를 불렀다. 목소리를 쥐어 짜내서 겨우 대답했다.

"명수야. 운전 좀 해. 저 SUV 따라가자."

"알겠습니다!"

나는 명수의 부축을 받아 간신히 BMW 조수석에 앉았다. 운전대를 잡은 명수가 외쳤다.

"출발하겠습니다!"

나는 내장이 뒤틀리는 고통 속에서도 놈이 무얼 노리는지, 그것 하나만큼은 알아챌 수 있었다. 놈의 목표는 이제 바뀌었다. 그냥 서희만 죽이는 게 아니라 자기를 성가시게 하는 나까지 처리하는 것. 그게 바로 놈이 원하는 일이었다.

SUV는 몇백 미터 앞에서 달리고 있었다. 저녁 무렵의 동대문은 차가 많아 그 거리가 좀처럼 좁혀지지 않았다. 그 사이 통증은 조금 수그러들었다. 나는 간신히 허리를 펴고 조수석 의자에 몸을 기댔다.

"괜찮으십니까?"

한참 말없이 운전만 하던 명수가 물었다.

"괜찮아. 저 차만 놓치지 마."

나는 힘없이 대답했다. 그때 바지 주머니 속 핸드폰이 진동했다. 재빨리 꺼내 전화를 받았다. 유 팀장 목소리가 들렸다.

"어디예요? 편의점 문은 활짝 열려 있고 아무도 없던데."

"놈이 서희를 납치해 어딘가로 데려가고 있습니다. 전 그 뒤를 쫓는 중이고."

간단히 상황을 설명했다. 유 팀장은 한숨을 쉬었다.

"혼자선 너무 위험해요."

"혼자는 아닙니다. 도와주는 사람이 있습니다."

그 말에 명수가 나를 힐끔 봤다.

"잘 들어요, 진혁 씨. 놈에게는 우리가 모르는 비밀이 더 있어요. 그걸 모르는 채 무턱대고 덤볐다가는 오히려 일을 그르칠 수도 있어요!"

유 팀장이 무슨 말을 하는지는 알 것 같았다. 하지만 내게는 공허하게 들릴 뿐이었다.

"지금 당장 서희가 위험합니다. 놈이 무슨 꿍꿍이가 있든 전 쫓아갈 수밖에 없어요."

"알겠어요. 지금 어디쯤이죠?"

"동대문역사문화공원 사거리로 진입했습니다."

"그쪽으로 경찰 보낼게요."

"네!"

나는 전화를 끊었다. SUV는 신호가 바뀌는 틈을 타 좌회전 차선으로 갑자기 방향을 틀었다. 명수가 그걸 보고 핸들을 꺾었다. 그 순간 옆 차선에서 달리던 버스가 경적을 울리며 자리를 내 주지 않았다.

"저 새끼가!"

명수가 화를 냈다. 지금 차선은 직진만 가능하다. 이대로 신호가 바뀌면 놈의 SUV를 따라잡을 수 없게 된다. 명수는 좌측 방향 지시등을 켜고 끼어들 틈을 호시탐탐 노리고 있었다.

"너무 조급해 하지 마."

내가 말했다.

"하지만 이사님. 이대로는 저 차를 놓칩니다."

명수는 왼쪽 대각선에 자리한 SUV에게서 눈을 떼지 않은 채 말했다.

"아니. 놈은 나를 유인하려는 거야. 도망치는 게 아니고. 그러니 우리가 따라올 때까지 기다릴 거야."

내 예상은 맞았다. 놈은 좌회전 신호를 받고도 멀리 달아나지 않았다. 오히려 천천히 달려 뒤쪽 차 여러 대가 빵빵거릴 정도였다. 그 틈을 타 명수는 과감히 차선을 바꿨다. 옆 차선에서 달리던 트럭과 부딪칠 뻔했지만 가까스로 사고는 면했다. SUV는 우리가 좌회전 차선에 들어선 걸 확인한 듯 그제야 속도를 높였다.

"이사님 생각이 맞는데요. 근데 이렇게 무작정 따라가도 될까요?"

명수가 걱정스러운 표정을 하고서는 물었다.

"여차하면 경찰 도움을 받을 거야."

"네? 짭새 도움을 받는다고요?"

내 말에 명수는 그야말로 심하게 놀란 듯 한동안 정면만 뚫어지게 보고 있었다. 그러더니 조심스러운 말투로 이야기했다.

"저… 이런 말이 맞는지 모르겠는데, 제가 아는 박진혁 이사님이 아닌 것 같아서요. 지금은 뭐라고 할까, 예전 진혁 형님 느낌이 많이 나는데 제가 착각하는 거겠죠?"

"편하게 생각해. 지금은 내가 누군지 중요한 게 아니니까."

"알겠습니다…. 형님."

명수는 조용히 대답했다.

추격전 아닌 추격전은 번잡한 도심을 벗어나 국도까지 이어졌다. 놈을 쫓은 지 어느덧 2시간이 흘렀다. 그동안 통증은 잔잔한 파도처럼 밀려왔다가 밀려가기를 반복했다. 예감이 좋지 않았다. 이러다가 큰 파도가 덮칠 것만 같았고, 그렇게 된다면 내 삶은 그 순간에 끝장날지도 모를 일이었다. 그 전에 서희를 구해야 했다. 무슨 일이 있어도.

갑자기 하늘이 어두컴컴해져서 창문을 열어보니 먹구름이 몰려오고 있었다. 그 탓에 6시가 조금 넘은 시각이었지만 마치 밤처럼 어두웠다. 곧 비가 쏟아질 것 같았다. 그것도 엄청난 폭우가. 차 안으로 불어 들어오는 바람 끝에 습기가 가득했다. 이 상황 역시 시간이라는 절대자가 준비해 놓은 게 아닌가 싶었다.

SUV는 국도변에 난 산길로 진입했다. 우리도 그 뒤를 따랐다. 그때였다. 후드득 빗방울이 떨어졌다. 마치 전쟁이 시작됐다는 걸 알리는 신호처럼. 빗방울은 금세 요란한 빗줄기로 바뀌었다.

"제법 퍼붓겠는데요!"

명수가 와이퍼를 켜며 외쳤다. 산으로 이어지는 비포장도로는 곧 진흙탕으로 변했다. 나는 SUV의 꽁무니를 노려보며 핸드폰을 들어 유 팀장에게 전화했다.

"어디쯤입니까?"

"이제 막 국도로 접어들었어요. 놈은요? 따라잡았어요?"

"지금 따라가고 있습니다. 국도를 30분쯤 달리다 보면 오른쪽에 샛길이 하나 나옵니다. 거기로 들어와서 계속 산길을 달리고 있어요."

"조심하세요! 함정일지 몰라요."

당연히 함정이겠지. 그렇지 않고서야 이렇게 친절히 길 안내를 하지는 않을 테니.

"알고 있어요. 그래도 어쩔 수 없습니다. 지금은 놈을 따라가는 수밖에."

"한 가지 알아낸 게 있어요. 놈과 최규남의 관계에 대해."

유 팀장의 말에 나는 얼른 되물었다.

"뭔가요?"

"최규남의 핸드폰 비밀번호를 푸는 데 성공했어요. 번호는⋯."

"그날이었겠군요. 자기가 이 세계의 유일한 최규남이 된 날."

"맞아요. 진혁 씨가 노트를 보여줘서 비교적 쉽게 알아낼 수 있었어요. 아무튼, 핸드폰에는 놈이라고 짐작되는 사람과 주고받은 메시지가 여러 건 들어 있었어요. 그 메시지를 읽어보니 알겠더군요. 두 사람이 처음 만난 건 작년 5월이었고, 먼저 접근한 쪽은 놈이었어요. 최규남에게 이렇게 메시지를 보냈더라고요. 자기가 자기를 죽인 소감이 어떠냐고."

"놈은 최규남이 시간역행자라는 걸 알고 있었군요!"

"네. 어떤 식으로 알아냈는지는 모르지만."

"직접 물어보면 되겠네요. 방금 놈의 SUV가 멈췄습니다."

내 말 그대로였다. SUV는 비가 쏟아지는 산길을 올라가다가 오른쪽으로 방향을 꺾더니 그대로 멈춰 섰다.

"진혁 씨. 아시죠? 조심해야 해요!"

"알고 있습니다."

나는 그렇게 말하며 명수에게 차를 세우라고 손짓했다. 구형

BMW는 SUV 몇 미터 뒤에 섰다. 전조등 불빛에 나무로 된 집 한 채가 드러나 보였다. 아마도 저 집이 놈의 목적지인 듯했다.

"최규남이 핸드폰에 놈을 뭐라고 저장했는지 아세요?"

핸드폰 너머로 유 팀장의 떨리는 목소리가 들렸다.

"뭐라고 저장했는데요?"

나는 물을 수밖에 없었다. 잠깐의 침묵이 흐른 후 유 팀장의 대답이 돌아왔다.

"시간관리자. 그렇게 저장돼 있었어요."

시간관리자라….

여러 의미가 들어간 이름이었다. 관리자 운운하는 이들은 대체로 권력을 쥐고 있다. 할 수 있는 일이 많다. 그리고… 권력을 휘두르는 걸 좋아한다. 또한 더 많은 일을 하고 싶어 한다. 내가 아는 건 거기까지였다. 나머지는 역시 놈에게 물어야 할 것이다. 친절히 대답해 줄지는 모르겠지만.

"일단 끊겠습니다. 빨리 오세요."

유 팀장의 대답을 듣지 않고 전화를 끊었다. 명수가 내 눈치를 살피더니 물었다.

"내릴까요?"

"연장 있어?"

"네. 야구방망이랑 사시미 한 자루 있습니다."

"좋아. 내가 야구방망이를 들 테니까 내리자."

놈은 능숙한 칼잡이였다. 똑같이 칼로 싸우면 내가 불리하다. 칼보다 길고 쉽게 휘두를 수 있는 무기가 좋다.

"그런데 저 차에선 왜 아무도 안 내릴까요?"

명수가 물었다. 나도 그 점이 궁금했다. SUV는 시동도 아예 끈 채 서 있기만 했다. 놈은 내리지 않았고, 서희도 마찬가지였다. 우리가 다가가길 기다리고 있는 듯했다. 구린내가 물씬 풍겼다. 대놓고 함정이라고 외치는 것 같았다. 그럼에도 서희를 구하기 위해서라면 먼저 움직여야 했다. 대치 상황이 길어지면 놈이 어떤 짓을 할지 알 수 없으니까. 게다가 난 기다리는 건 딱 질색이었다.

"혹시 모르니까 넌 내 뒤에서 따라와. 무슨 말인지 알지?"

명수에게 말한 뒤 나는 조수석 문을 열고 내렸다. 비가 미친 듯이 쏟아부었다. 산속 공기는 찼다. 순식간에 젖은 몸을 한기가 훑고 지나갔다. 야구방망이를 꽉 쥐고 천천히 SUV로 다가갔다. 시동을 끈 SUV는 어둠에 휩싸여 있었다. BMW 전조등이 비추고 있었지만 선팅이 짙어 안쪽 상황을 알 수 없었다.

SUV 운전석까지 가는 동안 수십 가지 의문이 떠올랐다.

서희는 안전할까?

놈은 왜 꼼짝도 하지 않는 걸까?

무슨 꿍꿍이를 품고 있는 걸까?

나는 가볍게 고개를 저어 잡생각을 떨쳐냈다. 고민하고 궁금해할 시간에 확인하면 될 일이었다. 운전석 문손잡이를 살며시 잡았다. 차가웠다. 조심스레 당겼다. 딸깍 소리가 났다. 잠기지 않은 듯했다. 재빨리 문을 열고 야구방망이를 겨눴다. 놈은 운전석에 그대로 앉아 있었다. 어두워서 얼굴은 보이지 않았지만 딱히 긴장한 태도는 아니었다. 핸들에 가볍게 두 손을 얹은 채였다. 나는 조수석을 확인했다. 서희는 창문에 기댄 그대로 꼼짝도 안 했다.

"걱정하지 마. 죽이진 않았으니까."

놈이 말했다. 목소리를 듣는 건 처음이었다. 그러니까 진짜 목소리. 어딘지 기묘하고 섬뜩한 목소리와 말투였다. 목소리에는 감정이 하나도 실리지 않았고, 말투는 건조하기 짝이 없었다. 마치 국어책을 읽는 것 같았다. 추모 공원에서 나와 마주쳤을 때는 연기를 했다는 걸 알 수 있었다. 평범한 인간 연기.

"손 위로 올리고 나와!"

내가 소리쳤지만 놈은 움직이지 않았다. 나는 놈에게서 시선을 떼지 않은 채 명수에게 외쳤다.

"명수야. 조수석 문 열고 여자부터 꺼내."

"네!"

명수가 조수석으로 달려가는 게 보였다. 나는 놈을 향해 다시 말했다.

"대가리 깨지기 싫으면 빨리 내려."

놈이 어제와 내일을 자유자재로 오가고 시간관리자인지 뭔지로 불린다고 해도 육체를 가진 인간이라는 사실에는 변함이 없었다. 그건 이미 내 주먹으로 확인을 마쳤다. 그럼에도 놈은 태연했다. 그게 마음에 걸렸다. 당장에라도 멱살을 쥐고 끄집어내지 않은 건 그 때문이었다.

"자, 선택해. 순순히 내릴 건지 아니면…."

"선택은 당신이 해야지, 박진혁 씨."

"뭐?"

놈의 느닷없는 말에 나는 당황했다. 그 사이 명수는 조수석 문을 열었다. 그러고는 서희의 안전띠를 풀려고 상체를 SUV 안으로 밀어 넣었다. 그때였다. 섬뜩한 느낌이 온몸을 휘감았다.

"잠깐!"

나는 명수를 향해 외쳤다. 명수가 엉거주춤한 자세 그대로 딱 멈췄다.

"역시 감이 좋군. 안전띠를 푸는 순간 조수석에서 칼이 튀어나와 저 여자 심장을 꿰뚫을 거다. 그렇게 만들어 놨어."

놈은 설명서라도 읽듯이 말했다.

"허튼소리 하지 마."

내가 말했다. 제발 허튼소리이길 바라면서.

"시험해 봐도 돼. 원한다면. 결과는 당신 책임이겠지."

나는 명수에게 눈짓을 보냈다. 명수가 조수석에서 천천히 몸을 뺐다. 그러자 놈이 내게로 얼굴을 돌렸다. 전조등 불빛 아래 드러난 놈의 얼굴은 여전히 엉망이었다. 내 주먹이 새겨놓은 상흔이었다. 그걸 보자 문득 의문이 일었다. 아니, '문득'이 아니었다. 놈에게 줄곧 묻고 싶었던 질문이었다.

"왜 이렇게까지 하는 거지? 내가 널 이 꼴로 만들었기 때문인가?"

놈은 내 질문에 대답하는 대신 다른 말을 했다.

"자, 선택해."

"뭘? 뭘 선택하라는 거야?"

화가 치밀었다. 놈이 서희의 목숨을 두고 선택하라고 한다면 당장이라도 야구방망이를 휘두를 준비가 돼 있었다. 하지만… 놈의 입에서는 뜻밖의 말이 나왔다.

"네 목숨과 이 여자 목숨 둘 중 하나를 선택해."

"뭐, 뭐라고? 그게 뭔 소리야?"

이해할 수 없었다. 내 목숨은 3개월도 안 남았다. 당장 죽는다 해도 이상하지 않은 파리 목숨이었다. 그럼에도 내가 놈의 말에 솔깃했던 건 묘한 여운 때문이었다. 놈은 모든 걸 알고 있는데도 내게 선택하라고 이야기하는 중이었다. 선심이라도 베풀겠다는 듯이.

"저 집 보이지?"

놈은 SUV 앞에 선 통나무집을 가리켰다.

"저 집이 왜?"

"저길 통과하면 내일로 갈 수 있어."

"뭐?"

"당신이 살아온 세계와는 다른 세계의 내일, 즉 5월 29일이야. 완전히 새로운. 거기엔 최서희 이 여자도 여전히 살아 있고, 박진혁 당신도 암 같은 건 걸리지 않은 채 승승장구 중이지."

순간 머리가 멍했다. 놈의 말을 이해할 듯하면서도 뭔가가 마음에 걸렸다. 나는 그게 무엇인지 곧 알아챘다.

"내, 내가 저길 통과한다고 해서 이 빌어먹을 병이 낫는 건 아니잖아!"

"역시 모르는군. 다른 세계의 자기를 죽이면 그 자리만 얻는 게 아니야. 죽은 이가 가진 모든 걸 차지하게 되지. 돈도, 명예도, 그리고 건강도."

"거, 거짓말하지 마."

아무리 허세를 부리려 해도 저절로 목소리가 떨렸다. 나는 이미 알고 있었다. 놈의 말이 사실이라는 걸.

"나는 시간관리자야. 원하는 시간과 원하는 세계를 마음껏 오갈 수 있지. 그러니 다 알아. 이 오묘한 시간의 이치에 관해서. 시간의 톱니바퀴는 대체자가 생기면 이상 없이 돌아가지. 째깍째깍, 째깍째깍."

째깍째깍.

째깍째깍.

째깍째깍.

놈이 마지막에 남긴 말이 내 안의 무언가를 건드렸다. 내 삶의 시계는 끝을 향해 달려가고 있었다. 그걸 늦출 수 있다면… 정말로 행복하지 않을까?

"나, 나는….”

"선택해. 마지막 기회야. 이 세계의 최서희를 죽이면 너는 산다. 다른 세계에서 또 다른 최서희와 함께.”

놈이 판 함정은 실로 악랄하고 교묘했다. 그리고… 달콤했다.

"혀, 형님. 이게 다 무슨 소립니까? 네?”

명수가 물었지만 귀에 들어오지도 않았다. 나는 골똘히 생각했다. 아니, 갈등했다. 내 안의 누군가가 속삭였다. 나쁘지 않은 제안이라고. 오히려 이득 아니냐고.

놈이 결정적인 말을 건넨 건 바로 그때였다.

"당신 손에 피 묻힐 필요도 없어. 이 여자는 내가 알아서 할 테니. 당신은 그저 저 집 안으로 들어가기만 하면 돼.”

"그렇군. 알겠어. 무슨 뜻인지.”

나는 솔직하게 말했다.

"그래. 그러니 이제 선택해. 네 목숨이야, 이 여자 목숨이야?”

"난… 나는… 서희를 또 죽게 할 순 없어.”

지금껏 서희는 내 앞에서 두 번이나 죽었다. 그때마다 내 손에 피가 묻지는 않았다. 그럼에도 가슴이 미어지는 느낌은 지울 수 없었다. 이 세계, 아니 어느 세계의 서희도 더는 죽게 하지 않을 것이다.

"어리석군."

놈은 그렇게 중얼거리는가 싶더니 운전석에서 번개처럼 튀어나왔다. 나는 그 순간 명수에게 외쳤다.

"서희 끌어내!"

하루의 끝

　야구방망이를 휘둘렀지만 놈이 한발 빨랐다. 놈은 상체를 숙여 내 공격을 피한 뒤 품에서 뭔가를 꺼냈다.

　칼이다!

　그 사실을 알아챈 순간 반사적으로 고개를 뒤로 젖혔다. 칼날이 비 내리는 허공을 그었다. 놈이 발로 내 배를 걷어찼다. 나는 털썩 주저앉았다. 그 틈을 놓치지 않고 놈이 집을 향해 내달렸다.

　"거기 서!"

　나는 벌떡 일어나 놈을 쫓았다.

"형님! 이분은 괜찮아요."

뒤에서 명수 목소리가 들렸다. 그럴 거라 짐작했다. 놈이 시간을 관리하는지는 몰라도 조수석에서 자동으로 칼이 튀어나오도록 자동차를 개조할 기술자는 아니었다. 놈은 그저 시간과 시간 사이를 왔다 갔다 하며 자기보다 약한 사람이나 죽이는 미친 사이코패스에 지나지 않았다. 그리고 그런 놈에게는 몽둥이가 약이다.

나는 도망치는 놈을 향해 몸을 날렸다.

"억!"

놈이 외마디 비명을 지르며 쓰러졌다. 내가 위로 올라타려는 순간, 놈은 몸을 뒤집으며 칼을 뻗었다. 칼은 내 어깨를 스치고 지나갔다. 선득한 통증이 어깨를 달궜다. 그 통증을 씹어 삼키며 야구방망이로 놈의 명치를 찍었다. 놈은 신음조차 흘리지 못하고 고통에 몸부림쳤다.

"일어나!"

나는 놈의 손을 비틀어 칼을 뺏은 후 멱살을 잡고 일으켜 세웠다.

그 순간이었다.

내 몸 안에서 대폭발이 일어났다. 끔찍한 고통이 몸 구석구석을 들쑤셨다. 나는 돌이라도 된 것처럼 꼼짝도 하지 못한 채 부들부들 떨었다. 초점을 잃고 흐릿해지는 눈에 놈의 웃는 얼굴이 들어왔다.

"이건 모르지? 동굴을 통과해 어제로 갈 때마다 수명이 조금씩 줄어든다는 거. 너에겐 이제 하루 정도도 안 남았을 거야."

놈의 목소리와 말투에는 감정이 듬뿍 담겼다. 어떤 게 본모습인지 알 수 없었다. 지금 중요한 건 그게 아니었다. 놈이 내게서 멀어졌다. 그러면서 한 마디 했다.

"이 세계의 최서희는 곧 죽일 거다."

"안 돼!"

나는 마지막 힘을 짜내서 놈에게 달려들었다. 예상치 못한 공격이었는지 놈은 비틀거리다가 다시 쓰러졌다. 칼을 놈의 어깨에 박아 넣었다.

"으악!"

처절한 비명이 비 내리는 밤하늘에 울려 퍼졌다. 상쾌했다. 상쾌해서 미칠 것만 같았다. 그 순간만큼은 통증을 느끼지 못할 정도였다. 나는 놈의 목을 조르기 시작했다.

그때였다. 사이렌이 들리는가 싶더니 곧 눈부신 빛줄기 여러 개가 내게로 향했다.

"박진혁 씨. 멈춰요!"

유 팀장이었다. 손전등 불빛이 너무 밝아 실루엣만 보였지만 나는 유 팀장이 총을 들고 있다는 걸 알 수 있었다. 다른 경찰 몇 명도.

"진혁 형님은 잘못한 거 없어요!"

명수가 소리쳤다.

"시끄러워! 움직이지 마!"

총구 몇 개는 명수에게로 향했다. 유 팀장이 천천히 다가오며 말했다.

"이젠 저한테 맡겨요."

"놈이 도망이라도 치면 큰일 납니다. 같은 짓을 또 저지르고 다닐 겁니다!"

유 팀장에게 외쳤다. 통증이 너무 심해 소리라도 지르지 않으면 정신을 잃을 것 같았다. 내 밑에 깔린 놈이 웃었다.

"크크크."

"알아요. 그러니 제가 도망 못 가게 할게요. 법의 심판대에 세워서…."

유 팀장은 그렇게 말하며 내 옆으로 다가왔다. 그의 총구는 흔들림이 없었다. 똑바로… 놈을 겨누고 있었다.

"시간을 통과한 사람은 내가 다 알아. 너도 마찬가지지? 이 세계로 와서 자기를…."

탕!

귀를 찢는 소리와 함께 총구가 불을 뿜었다. 나는 너무 놀라 움직이지도 못했다. 총알은 놈의 이마를 정확히 관통했다.

"팀장님!"

뒤에서 경찰들이 달려왔다. 순간, 유 팀장과 눈이 마주쳤다. 그는 고개를 한 번 끄덕했다. 나는 다른 말을 하지 않고 죽은 놈의 몸에서 내려왔다. 경찰 한 명이 달려와 내게 수갑을 채웠다.

"형님!"

명수의 외침이 들렸다. 고개를 돌렸다. 서희가 경찰 등에 업혀 있었다. 다행히 다친 곳은 없는 듯했다. 나는 눈을 감았다. 유 팀장 목소리가 들렸다.

"이 사람은 내 차에 태워."

차는 구불구불한 산길을 빠져나와 국도로 접어들었다. 그제야 유 팀장이 입을 열었다. 차 안에는 우리 둘뿐이었다. 유 팀장은 핸들을 잡고, 나는 수갑이 채워진 채 뒷좌석에 앉아 있었다.

"고마워요. 덕분에 살인마를 잡을 수 있었어요."

"말은 똑바로 해야죠. 잡은 게 아니라 그쪽이 죽인 거니까."

"놈은 뭐였을까요?"

유 팀장이 물었다.

"난들 압니까. 시간이 만들어 낸 악마나 뭐 그런 거 아닐까요?"

"이제 어떻게 할 거죠?"

유 팀장이 다시 물었다. 나는 통나무집 이야기는 하지 않았다. 거길 통과하면 다른 세계로 갈 수 있다는 이야기도. 거기로 가서 그 세계에 잘 살고 있을 또 다른 나를 죽인다? 나는 그러고 싶지 않았다.

"어제로 가는 동굴 위치를 압니다. 거기까지만 좀 태워주세요."

내가 그 말을 뱉은 순간, 마침 자정이 되었다. 새로운 5월 29일. 아니, 너무나 지겨운 5월 29일이 또 돌아온 것이다.

"왜요? 설마 다시 어제로 돌아가려고요?"

유 팀장이 놀란 목소리로 물었다.

"네."

나는 짧게 대답했다.

"왜요?"

유 팀장은 긴 대답을 원하는 모양이었다. 세상 모든 경찰이 그러듯.

"이대로 시간이 흐르면 서희는 깨어난다 해도 끔찍한 기억을 털어내지 못한 채 살아가야 할 겁니다. 하지만 내가 다시 5월 28일로 가면 모든 게 리셋됩니다. 즉, 나랑 관련해서 일어났던 모든 일이 서희의 기억에서 지워지죠."

"그렇게까지…."

"죽기 전 마지막으로 똥폼 한번 잡아 보려고요. 그러니 도와줘요."

유 팀장은 생각에 잠긴 듯하다가 이내 입을 열었다.

"알았어요. 작별 인사는 미리 할게요. 어제의 저 역시 진혁 씨를 기억 못 할 테니. 안녕히 가세요."

"굿바이."

나는 마지막까지 똥폼을 잡았다. 차는 비를 뚫고 어둠 속을 달렸다. 동굴을 향해서… 새로운 어제를 향해서.

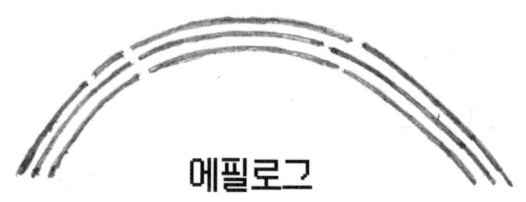

에필로그

저 멀리 편의점이 보였다. 나는 오르막길을 힘겹게 걸어 올라갔다. 편의점 문을 열자 딸랑, 하는 소리가 경쾌하게 울려 퍼졌다.

"어서 오세요."

계산대에 서희가 서 있었다. 언제나 나를 설레게 하는 그 환한 미소를 하고서. 나는 계산대로 다가갔다.

"뭐 찾으세요?"

서희가 물었다.

"궁금한 게 있어서요."

내가 말했다.

"네?"

"오늘이 며칠입니까?"

내 물음에 서희는 멈칫하더니 이내 핸드폰을 들고 확인했다.

"5월 29일이요."

"확실하죠?"

"그, 그런데… 왜요? 오늘이 5월 29일이면 안 되는 건가요?"

아니다. 오늘은 마땅히 5월 29일이어야 했다. 나는 어제 다시 굴다리를 통과했고 몸이 조금 회복될 때까지 모텔 방에 틀어박혀 꼬박 하루를 잤다. 그러니 오늘은 5월 29일 금요일이었다.

"아니요. 안 될 건 없죠. 다만 모든 게 낯설어서요."

내 말에 서희는 고개를 갸우뚱했다.

"낯설다면 어디 다른 곳에서 지내다 오셨나 봐요. 어디서 오셨어요?"

"어제."

"네?"

"어제에서 왔어요."

"어제요? 그게 무슨…."

"김치왕뚜껑 하나만 먹고 가도 될까요?"

"그거야 돈만 내신다면 당연히 되죠!"

나는 돈을 내고 김치왕뚜껑을 샀다. 그러고는 편의점 뒤편으로 가 물을 받은 뒤 테이블 앞에 앉았다. 이제 더는 아프지 않았다. 다만 몸에서 기운이 빠져나가고 있었다. 마지막으로 고개를 들어 서희를 봤다. 계산대에 서서 뭔가를 골똘히 생각하는 것 같은 서희를. 순간 눈앞이 흐려졌다. 그게 눈물이라는 건 반 박자쯤 늦게 깨달았다.

"그런데요 손님. 혹시 저희 언제 한 번 만난 적…."

서희 목소리가 들렸다. 나는 눈을 감았다. 눈물이 툭, 흘러내렸다. 그것으로 끝이었다. 나는 몰려오는 길고 긴 잠에 몸을 맡겼다. 아주 깊은 잠을 자면 좋겠다고 생각하면서.